王彦艳　马国兴　主编

风铃鸟系列美文读物

巴西木的指环

文心出版社
·郑州·

图书在版编目(CIP)数据

巴西木的指环 / 王彦艳，马国兴主编. — 郑州 ：
文心出版社，2016. 5
ISBN 978 - 7 - 5510 - 0842 - 6

Ⅰ.①巴… Ⅱ.①王… ②马… Ⅲ.①小小说 - 小说
集 - 中国 - 当代 Ⅳ.①I247. 8

中国版本图书馆 CIP 数据核字(2016)第 055220 号

出版社:文心出版社
　　　　(地址:郑州市经五路 66 号　　　邮政编码:450002)
发行单位:全国新华书店
承印单位:北京龙跃印务有限公司
开本:700 毫米 ×960 毫米　　　1 / 16
印张:12
字数:150 千字　　　　　　　　印数:1 - 5 000 册
版次:2016 年 5 月第 1 版　　　印次:2016 年 5 月第 1 次印刷

书号:ISBN 978 - 7 - 5510 - 0842 - 6　　　　定价:22. 60 元

目录

Contents

荆 襄 客

○张晓林

光绪末年。

圉镇大街上新开了一家古玩店,做一些古玩字画的买卖。

店主不像是本地人,他的口音很杂,有点荆襄一带的腔调。

店主姓杨,因其眼大,镇上人都喊他杨大眼。

杨大眼很少在店里闲待着,他把生意上的一摊子全都撂给了他的老婆王氏。王氏生得很瘦弱,小鸟依人的样子,平时也不大说话,可她的眼很毒,你拿着假东西进去,没有能够瞒得过她的。

每天早晨,杨大眼都要拎着一架鸟笼子,去"文姬茶肆"喝茶。

时下汴京习俗流行,玩鸟成风。圉镇此风尤盛。早晨,街坊茶肆中,到处都能看见这样的一些人:趿拉着鞋,露出丝绣的棉袜跟,衣裳都不系扣子,衣襟斜挎着用一根黑带子捆在腰上,左手握着一尺来长的湘妃竹烟竿(有大拇指粗细),右手不用去看——一准是一架鸟笼子了!

喝茶的时候,茶肆的房檐下一溜挂满十来个鸟笼,笼子里都是些很常见的鸟:八哥、画眉、白头翁、黄金翠……这些鸟聚到一起,似乎很兴奋,翅膀扇得"扑棱扑棱"直响。

早茶用过,大家就谈论鸟,这些鸟经过驯化,都会模仿一些别的叫

声,譬如有的能模仿小狗"汪汪"的叫声,有的能模仿公鸡的啼鸣声,还有的能模仿女人撒娇的声音……

谁的鸟叫得好听,模仿得声音多,他的鸟就是好鸟。大家眼里就会露出一些羡慕来。

杨大眼养着一只画眉。这只画眉能叫"十三套",而且叫起来声音清脆响亮。杨大眼把鸟笼子往茶肆的屋檐下一挂,这只鸟就一套一套叫将起来。其他的鸟一下子都成了哑巴——惹得其他喂鸟的人眼睛都红了!

镇上有几个无赖,觉得让外地人的鸟压了一头,心下很是不忿,他们谋划着要么把这个外地人的鸟毒死,要么抢过来。

一个浓眉如马鬃的汉子站起来喊:"看我的吧!"

他大步来到茶肆的房檐下,伸手托住笼底,把杨大眼的鸟笼给摘下来了,也不言语,拎了就走。

杨大眼正在茶肆里喝茶,见了这一幕,慢慢站起身,也没见他怎么慌张,只几步竟拦住了壮汉的去路,手指朝壮汉的肋下一点,壮汉顿时僵住,拎鸟笼子的那只手也缩不回去了。杨大眼取了鸟笼,缓缓离去。

无赖们大惊,才知道杨大眼是个耍家子。但他们被这个外乡人教训了一顿,更是恼怒,那个壮汉无赖咬牙切齿道:"不出这口鸟气,我誓不罢休!"

壮汉便去找他表哥。这个壮汉的表哥,是雍丘地盘上的无赖头儿,统领着上千个无赖。

这天黄昏,杨大眼接到了一封信,约他某某日去围镇西八里地的慈悲寺决一生死。慈悲寺是一座破寺院,早已荒芜得没有一个僧人了。四周长满了庄稼。

杨大眼回到了家里,有些闷闷不乐。王氏见了,问:"你心中有事?"

杨大眼叹了口气，道："祸事来了！"就把事情的原委说了一遍。

王氏又问："你想咋办？"

杨大眼说："这事麻烦，你不杀他们，他们会把你杀死；你杀了他们，又会被王法杀死。不好办！"

王氏道："赴约时我也去！"

杨大眼摇摇头："还是让我一个人去送死吧。"

到了约定的这一天，杨大眼背了两把一尺多长的朴刀，独自来到慈悲寺，慈悲寺里里外外早站满了黑压压的众多无赖，看上去有七八百人。那个壮汉无赖见了杨大眼，忙对一个中年人说："就是他！"

中年人想必就是无赖头儿了。

无赖头儿朝前走了两步，一拱手，冷笑道："进招吧！"

杨大眼也一拱手，说："请！"

二人正要动手，忽听一个女子喊道："且慢！"

杨大眼大吃一惊，扭过头去，见王氏正一步一步缓缓地走进寺来。

众无赖也都愣住了。

王氏站在一个高处，对众人说："你们这么多人围攻我丈夫，我丈夫不出重手，就无法解围；若出重手，你们都会命丧他的朴刀之下……"

众无赖哗然，都有点不大相信的样子。壮汉无赖狂喊："我不相信这么多兄弟收拾不住他一个人！"

王氏说："我现在有一个办法，可先叫大家见识见识我丈夫朴刀的厉害！"

无赖头儿道："你说出来看看！"

王氏从杨大眼手中取过一把朴刀，对无赖头儿说："你让手下去庄稼地取一些小豆来。"小豆取到，王氏叫站在头排的无赖每人手中都抓一把小豆，然后用朴刀在地上画了一个圈，喊杨大眼站进去，又把

刀还给丈夫,说:"等会儿我丈夫舞刀,大家可以把手中的小豆一把一把地飞投进去,如果圈内有一颗完好的豆子,我夫妻二人愿受大家处置,即使油烹刀剐也无话可说。"

众无赖齐喝:"好!"

杨大眼站在圈内,抡刀而舞,只见双刀四面盘旋,就好像一团白练,早不见了人影。众无赖纷纷把手中的小豆抛出,好似下了一场豆雨,豆刀相击,又好像春蚕咀嚼桑叶一般,"哧哧"作响。

豆撒完了,"哗哧"一下,白光散尽,杨大眼又站在了众人面前,再看圈内,小豆积了一寸多厚,有两个无赖上前忙活了半天,竟没有找到一颗完好的豆子!

众无赖"哗"的一声,黑压压跪倒一片。

杨大眼这才对王氏耳语道:"不想你我平日的戏要,今日竟派上了大用场!"

王氏默然一笑。二人携起手,走出了荒野孤寺。

疏　影

○张晓林

隐居孤山,除了书法和诗,林逋还有两件事要做:种梅和养鹤。

在山里,林逋的日子过得很清苦。

最初的几年,几乎是靠挖野菜来充饥的。难得有几次,林逋到山脚下的小溪里去捉几尾小鱼和几只小蟹来。鱼用来清炖,蟹用来白煮,虽说很少作料,只是一撮盐、一勺醋,但用孤山的黄叶烧煮出来,却也别有一番滋味在其中。

林逋在孤山种了六百六十五棵梅树。数年过去,这些梅树都吐蕊了,开花了,结果实了。日子有了一点好转。日常的花销,全靠这些梅树了。

梅子黄时,林逋一颗一颗摘去——深山摘梅,当是一件无丝毫尘俗气的雅事! 按古法炮制好,再拿到山下村墟上去。林逋私下算算,一棵梅树的果实,恰好够自己一天的花销。

那三百棵梅树的果实哪里去了?

更多的日子,周围村落的人们发现,和林逋一块下山的,还有一只鹤。这只鹤有一个很好听的名字:鹤皋。

林逋去采药、游湖、摘梅、挖野菜,鹤皋就在梅树上空一圈一圈打着旋儿。

虽说隐居深山,但也常会有客人来访。

如若客人来,最先发现客人的,一定是梅树上空的鹤皋了。鹤皋很好客,不管是生客还是熟客,它都要飞上前去,嘴里鸣叫着和客人搭话,用翅膀做着手势。然后,轻盈地弹跳几步,飞起,把客人往梅林深处引去,一直引到林逋的草堂前。

草堂的门是经年敞开着的,看着客人在竹凳上坐好,鹤皋低鸣一声,返身飞向山脚下的西湖。它喊林逋去了。

林逋招待客人,一盏清茶,几碟果蔬,很简单。——这就是那三百棵梅子的去处了。

林逋自己给自己筑起一座坟。坟址选在山脚下一幽静处,旁靠一方浅浅的池塘。筑好,他在坟前栽下七八棵竹子。不多栽,多栽就俗了。清风吹拂,疏影横斜,池水清浅。

林逋还吟了一首诗。

湖上青山对结庐,坟前修竹亦萧疏。

茂陵他日求遗稿,犹喜曾无封禅书。

诗吟完,林逋站在那里,清瘦的脸上显得异常孤傲。他的身后,梅花正一朵一朵绽放。

诗里提到的"封禅"一事,是林逋内心挥之不去的隐痛。

早年间,林逋恰同学少年,书生意气,想靠自己的才华来博得一袭功名,也好为老百姓做点事情。

宋真宗大中祥符元年冬,林逋来东京谋取功名来了。可是,这里正在上演着一场闹剧。正是这场闹剧,改变了林逋后半生的轨迹。

这场闹剧的主角是宋真宗赵恒。他要去泰山封禅。他说,他梦中遇到了一个神仙,神仙向他暗示了天机。

封禅,得找齐十五种吉祥物。譬如,三脊茅、北里禾等,全是些稀奇古怪的东西。一时间,地方官员到东京汇报吉祥物出现的,一拨紧

跟着一拨,走马灯一般。

这场闹剧,从东京到泰山,前后演了一个多月,耗费库银无数。

而那些文人高官,纷纷吟诗献谀,把封禅这一出闹剧吹得天花乱坠。

林逋心寒了。他想了好多,一个风雪交加的早晨,他悄悄离开了东京。

1028 年,林逋驾鹤西去。他给后人留下了一座花果山。

林逋的书法作品,流传下来的已经很少了。有人说,他的字与他的诗一样,清瘦而孤峭,讲求的是一种袅袅如缕的韵致。这种清雅静逸之气,是宋四大书家苏、黄、米、蔡所没有的。——也算是一道风景了。

若干年后,一个叫杨琏真珈的元朝盗墓贼来到孤山,在盗取了南宋王室墓茔之后,顺手掘开了林逋的墓穴,令他失望的是,墓中只有石砚一方、玉簪一支。

杨琏真珈傻在那里,随即,趴在地上,咚咚咚,磕了三个头。

林逋,暗香疏影,诗如其人,字如其人。

九　姑

○杨小凡

　　龙湾河在这里转了个弯,北岸就多出一片高一人左右的岗子,巍然四周,这个岗子就叫西钓鱼台。民间传云,姜子牙曾在此直钩垂钓,也无确考,因此知道的并不多,只是一个渡口而已。后因有一百岁的九姑,这里就成了涡淮水道上九州十八县传闻的热点。

　　九姑与其夫原是在此摆渡的夫妻艄公,五十年前丈夫去世,九姑就一直与木船相伴。有人问她生于何年,她并不能详其生时,但从她忆起的陈年旧事里,药都访古的秀才们推其年岁应该是一百一十八了。问其姓氏,只知其娘家姓陈,其夫姓文,曾有一段时间人们喊她文陈氏,但现在人们却都喊其九姑。说起身世,其言朗朗,如谈别人旧事:说家在口外,母亲生下她时就死了,自己没有裹脚,故而留下一双天足;十四岁时与父亲逃荒来到这钓鱼台渡口,就成了死鬼丈夫的媳妇;第二年,父亲回了口外,从此再无音讯……听者往往心动,但她自己却像说戏一样,这就叫人再没兴趣询其身世了。

　　长了一双天足的九姑,身板硬朗,但却从没生养,她认为这是自己身体好的缘故。她每天都在这钓鱼台古渡的小船上,无人的时候就到北岸的住处伺弄点菜地,喂喂鸡子。九姑住处是钓鱼台的高岗,树木杂然,竹、桐、杨、椿、柳、桑、槐、楮、榆、梓楸、松、桧、皂荚、银杏、棠

棣、柏、荆、女贞……高高低低,森森然然;居于中部的黄泥小屋四周却
种上了各色果树,柿子、梨、石榴、枣、樱桃、杏、核桃、梅、山楂、花红、无
花果、李子、桃、苹果、文官果……古枝新果,已然百年精植。有人在她
屋前小憩,她总有各色果子让你选尝。过往的人都愿在她的屋前林后
歇歇脚,说说话,并不时帮她干点活。河前河后的村子里的孩子也总
到她的屋前屋后嬉戏玩耍,渡口和九姑就没有过寂寞。

这里离药都城四十里路,过往的行人并不算多,乘船的多是河南
河北的村人和前来凭吊的秀才雅人们。坐她的船,她从不言钱,有钱就
丢点儿,没有她也是笑脸相送,从不计较。河南河北的村人多是在年
前秋后送点米面柴草,少了她不说啥,多了她就要你拿走。每到有人
给她送东西时,她总是说:"我一个该死的老婆子了,今儿脱了鞋明儿
就不一定能穿上了,要这些也带不到墓地里去。"她虽老是这样说,但
人们并看不到她要死的迹象,在人们的心目中,她总是那样一头银丝,
面若重枣,声音朗朗的。

这一年清明,从药都城来了一个秀才,说是为凭吊姜子牙而来。
他在九姑的船上咿咿呀呀了半天,九姑并不知道他说些什么,只是与
往常一样一脸两眼的笑色。离开时,他却给九姑留下了一幅字。九姑
也不认识,就交给河北村子里来坐船的人,后来河南河北的人就在渡
口前树了一个青石碑,上面就刻着两行拙朴粗劲的字:摆风摆雨摆日
月,度生度死度神仙。

水一样的日子,淌走又流来。九姑就与这渡口的日子融在了一
起。忽一天,日子停了下来,九姑不见了。渡口孤孤的土屋、单单的石
碑、细细的小桨就突然间直直地戳在河的上下。北风一停,屋前屋后
鸡狗的鸣叫,使这里的水、船、碑、树、河风、流云,战战抖抖个不停……

这一天,正是光绪十七年十月初十。

向谁低头

○唐仔

　　寺庙的后面有一个山洞,洞并不奇险,但因为得了千年古刹的灵气,所以吸引了很多游人香客。我们一行几个人,在拜谒了古寺后,得方丈指引,也入洞游览了一回。

　　洞不深,长不足百米,与名山大洞比起来,简直不足挂齿。而且一路平坦,几无错落有致曲折蜿蜒之美。往里走约二十米,前方豁然开朗。方丈停下来,对我们说,这里有两条岔路,大家可以选择。指指左侧,这边宽敞无阻,可以昂首阔步走过去。指指右侧,这边的山洞,钟乳石和乱石垂挂,须低头、俯身、弯腰甚至手脚并用、连走带爬地过去。你们将做何选择?

　　大家都笑了:这有什么好选择的? 肯定是从左侧的坦途走过去嘛。

　　方丈双手合十,你们且待我说完,再行选择不迟。方丈指着那些悬挂的钟乳石说,如果我告诉你们,这些钟乳石不是普通的石头,而是可以心想事成的心愿石呢? 心愿石? 大家都凑到方丈跟前,竖起了耳朵。方丈说,这正是本洞的奇妙之处。如果各位有什么心愿,从这些石头下面俯身走过去,就可能事遂所愿,心想事成。方丈一手捻珠,一手指着那几根钟乳石说,自左至右,悬挂着三根钟乳石,代表三个心愿,分别为官运、财运、桃花运;最里面那根钟乳石,垂挂得最低,所以

它是全运石,有求必应。

这是真的吗？大家不禁又看了看垂挂的石头。

"心随愿走。"方丈不置可否地说了句禅语。

犹豫了一下,胖子向官运石走了过去。他吃力地弯下腰,低下头,本来就又短又粗的脖子,完全缩进了肩窝里。从小他就对官场感兴趣,现在虽然还只是个办事员,但听说不久要提拔为一个部门副职。对胖子来说,现在是最关键的时期。

紧接着,戴着眼镜的瘦子向财运石走去。瘦子是我们当中最有文化的人,对股市财经特别有研究,可惜,一直没赚到钱。谈了几年的女朋友下了最后通牒,催他买房结婚。如今这房价,买套婚房谈何容易？瘦子因此更瘦了。瘦瘦高高的瘦子低头从财运石下走过的时候,眼镜都差点掉下来,让人为他捏了一把汗。

个子最高的标致男,毫不犹豫地低下头,从桃花运石下贴着石尖钻了过去。我们都笑了。他是我们当中的钻石王老五,每年都相亲无数,就是没一个能成功牵手的。眼看着同龄人个个都娶妻生子,标致男急得如热锅上的蚂蚁。桃花运石尖锐地垂挂下来,尽管他腰弯成了九十度,头几乎抵到膝盖,还是差点磕到头皮,可真够难为他的。

最后,大家都将目光投到了我身上。我这个年龄,上有老下有小,工作、家庭、老人、孩子,真是问题成堆。如果能够有求必应,帮我将这些难题都解决了,那该多好啊。我走到全运石边,瞅瞅,整个石头快垂到地面了,要想过去,不但要低头弯腰,还得双手着地爬过去。我试了试,摇摇头,回到方丈身边,从左边的大路走了过去。

见我们都走过来了,方丈双手合十,对我们说,与其说这些石头是心愿石,不如说是试金石。你们在俗世中心里有什么欲望,就会向什么低头。

大家面面相觑,忽然都转身看着我。他是个例外,不向任何欲望低头。方丈意味深长地看着我。我羞愧地低下了头，喃喃地说，其实，我很想从全运石下爬过去，因为我在生活中遇到的困难、想得到的东西，实在太多了。只是我的腰前不久扭伤了，弯不下去，所以 我才从这面走过来。

方丈叹口气，说，有欲望，必低头，想低头，天不由。世事若是，也是无可奈何的啊。

善　碗

○韦锦雄

黎明,远天的第一缕云彩浮出海面,云天缥缈的乌雷山上,那低转悠扬的晨钟声里,似乎每天都在不厌其烦地诠释着佛家一个至善至真的道理。

乌雷山这座北部湾畔边海防著名的军事名山,如今已是香火缭绕、晨钟暮鼓的佛家圣地。

乌雷山上归德庵里,一位面善如莲的尼姑坭静,拂晓的第一件事,便是把在山外收集的露水倒入大雄宝殿前让信徒沐手焚香的佛器。

这个名叫善碗的佛器,是一个特大的坭兴大碗,这个大碗在坭兴界有着国宝级的神品之称,被誉为天下坭兴第一碗。它原先的主人就是现在的坭静尼姑。

坭静的俗名叫徐佘,她出生在一个坭兴世家,毕业于中央美院美术创意的设计专业,在坭兴界被誉为未来的小蒋蓉,是坭兴界唯一一位女性国家级的工艺美术大师。她设计的作品清雅恬静却充满浓浓的禅意,与她的作品对话心灵之门总是无风自开心生透亮,给人一种豁然开朗的感觉。

善碗碗口宽五十八厘米,高三十二厘米,碗口边纹饰一组精美的祥云图案,碗身的底纹是一百个不同篆体的"福"字,在"百福"的簇拥

下,碗的四周均匀地分布着"随心善性"四个充满禅味的弘一体大字。有意思的是,不管从哪里念起,"随心善性"四个字都能组成一个无限禅趣的句子。整个坭兴大碗不仅主题鲜明寓意深长,人生只有在随心善性之下才能拥有百福,除此之外一切都是浮云。善碗给人一种雍容华贵典雅端庄的美感。善碗被誉为坭兴一千三百年以来的神品,还有一个原因,它是由坯王郑有声拉坯,是当今最大最高的一个坭兴碗。

拉坯成型是坭兴制作过程中最基础也是最重要的一个环节,拉坯就是借助拉坯机的慢慢转动,人工将炼好的坭团靠甩、拍、掏、压、捏、刮、摸、揉等几十个动作,按照设计者的图纸要求,手心合一再创作。所以拉坯是一个既脏累重又精细绝的活,要想成为一名出色的拉坯工,往往得付出几十年甚至一辈子的努力。

然而,有一个人改写了坭兴拉坯的神话。

他就是像风一样吹来,又像风一样飘去的拉坯王郑有声。

郑有声是一个操外地口音的小伙子,二十八岁上下、一米六的个子,长得腰粗手长,行内人一看就知道是一块拉坯的好料。他来自哪里？之前在哪里学的手艺？人们尚来不及太多了解他,他的名气已经渐渐传开。他拉坯的速度比常人快三倍,而他拉同样器皿的用料却比人少三分之一,一句话,他拉的坯又快又薄,很受厂家和买主的欢迎,深得名家的青睐。

郑有声拉坯的速度、数量和质量成就了他坯王的美名,他一天就能赚上千元。这在坭兴界简直就是天大的新闻,然而真正的新闻还在后头。

后来,全市最年轻漂亮的国家级工艺美术师徐佘嫁给了坯王郑有声。他们二人的结合谱写了一曲坭兴的神话。新婚之夜,徐佘设计了一个精美的善碗,其寓意便是善待生活。郑有声当晚拉坯见证自己幸福的婚姻。五十八厘米宽的碗口,暗喻着"我要发"的心愿,碗高三十

二厘米,暗指"一生有爱"的期盼。大碗口阔底窄,如此规格的坭兴大碗,拉坯的难度特别高,对它厚薄干湿的掌控可谓是一种极限,稍微不慎就会变形甚至塌裂,所以它的诞生没有超强的技艺肯定不行,只有技艺,没有夫妻俩浓烈于火的爱意,没有随心性善和善随心性的佛念更加不行。善碗成为坭兴中的神品,是偶然中的必然,更是人生时常的一种诠释。

善碗当年获得了全国工艺美术大师作品联展的金奖,四面八方的坭兴收藏家也闻风而来,最后坯王夫妇发话了,这个善碗即便是黄金等量也不会出售,因为它是一个信物,更是一份虔诚。

后来,老公用手在坭兴的天地里捏摸出老婆的理念,老婆的理念又一步步地推进实现老公的理想,就这样,坯王的生意越来越火,坯王也以老板的身份越来越多地出现在各种交际或娱乐场所。再后来,徐佘带着那只凝结她全部心愿的善碗只身离开了坯王,原因相当简单,一天她接到一个匿名电话,说是她丈夫喝醉在蓝海豚酒店 203 号房,当她火急火燎赶到时,看到的却是一对脱得如海豚一样精光的男女。不久,坯王也神秘地在钦城消失,没有太多的人去考究他在何方,却让人平添几分无常的感慨。

三年后,徐佘再次步入婚姻的殿堂,她的先生很欣赏她,也很爱她,尤其喜爱她那只善碗。后来徐佘才慢慢地了解到,自己的先生喜爱收藏,他主要的收藏品是碗,各个朝代各式各样的碗有着数千件,但坭兴的碗却是一个空白。再后来,她意外地发现,那一个海豚一样和坯王睡在一起的女人,竟然是她现在的先生依然保持联系的旧情人。

后来徐佘成了归德庵的坭静,善碗是她带到山上的唯一物品。坭静知道,与其把善碗作为一件艺术品陈列,不如把善碗作为佛器使用。佛说,人生是常,佛法无常。

算命盲人

○徐则臣

算命盲人走在回家的路上。夕阳很大，像剖开的鸭蛋黄悬在西天，天底下一片天鹅绒的温暖的味道。盲人很瘦弱，陈旧的中山服穿在他身上，像挂在一根枯枝上，所以，从后面看，他像一片被秋风吹干了的叶子向太阳飘去。他刚从身后的那个村子里出来，和过去的许多年一样，他在村子的街巷里穿行，敲一下左手里的小锣喊一声："算命拆字！"走在他前面的是他的细竹竿，指指点点地告诉他，这儿能走，那儿不能走。

盲人就是盲人，什么都看不见，眼睛的位置上只有两堆凹陷的皱在一起的皮肤，像嵌着两个发霉的核桃。头发也不多，在秋风里一根根竖起，高矮不齐，有些凌乱，看了让人觉得秋风吹进了自己的心里。他走得很慢，斜挎一个用来装干粮和水的黄书包，书包不停地拍打他干瘦的臀部。这条路连着好几个村子，盲人的家在斜对面的那个方向。路上布满石子和牛蹄印，坑坑洼洼的，惹得锣槌一下一下地轻敲发亮的小锣，当，当，当。

道路的一边是田野，另一边还是田野。田野里零散地坐卧着几座老坟，坟头上爬满了荒草，在黄昏的风里招摇。盲人感觉得到下午五点钟的凉风从左边的坟上吹过来，掠过他和他的衣服他的书包他的小

锣他的竹竿,吹到右边的田野里。风像水一样漫过去,发出泥土被淹没的声音。前面有几条相隔很近的岔路,一条通往另一个村庄,一条通向他的家,其他几条通向不知去处的地方。他饿得厉害,突然很想吃米饭。米饭是什么味他都有些记不得了。黄书包空荡荡的,里面只有几枚硬币,这是他一天的收入。从早上他就在巷子里敲响小锣,他比黎明来得还早。要算命的老太太代她女儿问将来的命运,他把她女儿的生辰八字像诵经一样在嘴里念叨了三十遍,然后微笑着说:"闺女好命啊,嫁能嫁贵人,生也是龙凤胎,真是好命。我算了这么多年的命,从没见过这么好的命相。"他很高兴地对着老太太的方向笑,他不知道自己的笑是什么样子,但他相信对方一定能看到,并且会相信这笑是发自内心的,是由上天提前安排好的。这笑无所不知,一切美好的东西都在这笑里头。后来老太太就给了他几枚硬币,答谢他开通了女儿未来的幸福之路。

现在他很想对着走了几十年的路也笑一回,却怎么也笑不出,他太饿了。笑跑到哪儿去了呢?他有点着急,越着急越笑不出。突然,他站住了,竹竿停在空中好一会儿才落到地上,接着就在地上抖动。他应该拐上回家的小路了,可是他不知道往哪条路上走了。他站在几条路的中间,有的已经走过了,有的还在前头,还有的在身后。他像旋风一样在路中央转起圈来,他突然就找不到回家的路了。他把竹竿磕得啪啪直响,小锣也密密地敲,慌乱的声音在周围往返。天地间灰蒙蒙一片,他看不见的太阳已经落山。他知道时间不早了,没有比饥饿的肚子告诉他的时间更准确的了。

路边出现一个小孩。小孩对他说:"往前走两步,右边的那条。"瞎子一下子笑了,他转向小孩,举着小锣让小孩听到他的锣声。"你是谁?"他问。小孩回答说:"我是一个小孩,你上次给我饼吃的那个小孩。""噢。"瞎子仰脸向天,一副恍然大悟的样子,"给饼吃的那个小

孩？到底是哪一个？哎呀，记不得啦，人老了记性就不行了。"小孩又说："往前走两步，右边的那条。"瞎子又噢噢两声，笑着自言自语："往前走两步，右边的那条。"然后按着小孩指点的道路离去了。

夜幕垂帘，天已经完全黑下来。小孩站在路边看着被黑暗消融将尽的算命先生的背影，咕哝着说："错啦，那不是他回家的路。为什么不掐指算一算呢？他不是什么都知道吗？"

一棵树的风花雪月

○闵凡利

树不知怎么回事,爱上了一个疯女人。

树叫合欢,学名叫芙蓉。细碎的叶,开绒球一样的花,粉红着,像一个梦,似旷野里蒲公英的果实,虚幻着,如一个诺言,或似一个暗恋,很美好,可易碎、怕伤。

合欢长在善州的一条大街上。街叫芙蓉街。以前街上有很多的合欢,都很大,可这儿的人不喜欢它,说它柔,小女子似的,郁郁的阴,就都伐了,只剩了它这一棵。是一个女子留住的。女子是一个疯子。伐树的那天,疯女子不许市政管理处的人伐。疯女子和伐树的打。疯女子说树是我的丈夫,我不允许你们把它杀了。谁要杀树,我就杀了谁!

伐树的就笑,说疯女人想男人想疯了,不把女人当回事。他们还伐他们的,女人龇着牙拿着石头过来了,她用石头砸伐树的,用牙撕咬他们。伐树的害怕了,有几个人都被疯女人的石块砸着了呢!他们就对领导说:你看,你看,她来真的呢!这活没法干了!领导看了看疯女人,叹了一口气说:咱怎么能跟疯子一般见识呢?等到晚上再来吧!

晚上他们真来了,可令他们想不到的是疯女人也在,疯女人在树下铺了个草席子,搂着树睡。伐树的没辙了,叫来了领导。领导看了,眉头皱成了疙瘩说:怎么会这样呢?身边有知情的人告诉领导,说疯

女人和她的男人是在这棵树下认识的,又是在这棵树下定的亲。后来男人出车祸死了,女人就疯了。女人就把这棵树当成了丈夫。是个苦人啊!

领导听了没说啥。后来这事惊动了大领导,大领导是县里分管城建的一个官。大领导看到疯女子时,疯女子正紧紧地搂着树,唯恐别人抢走似的。大领导沉思了会儿问:这条街叫什么名字呢?

随从的说叫芙蓉街。大领导说:就是啊,芙蓉街上怎能没有芙蓉树呢,不然就名不副实了。留下这一棵吧!

这棵树就躲过了斧钺之灾,留下了。这棵树不知是感激疯女人还是感激那个大领导,反正这棵芙蓉树后来长得很旺,树盖也很大,无论春夏秋冬,这儿就成了人们休闲的好去处。

当然,树下最好的那一块是疯女人的,就是疯女人不来,大家也都把地方给她留着。

再后来,不见那个疯女人来树下了。有好事的就把嘴向疯女人的地方努努,问:咋了? 好久不见了!

被问者大吃一惊说:你不知道啊? 那人就摇头,很茫然。

被问者"唉"一声说:你不知道啊? 唉,死了。可怜呢!

被问者说:苦女子啊,想那个男人想疯了,看见车就追。刚开始追自行车,后来就去追汽车。结果被后面赶来的汽车撞了。拉到医院里,女人清醒了,女人说,我终于追上他了。我终于能和他在一起了!之后就笑着死了。

合欢树这些日子心里就悬悬的,疯女人不在,它感觉少了一颗心似的,就知道,女人肯定出事了。

知道女人死了,合欢树非常悲痛。多好的一个女人啊,就是因为太爱那个男人,把命也丢了。它很为疯女子心疼,所以就无精打采的。

合欢树一连几天恹恹巴巴,惊动了市园林处的人,他们叫来树医

给树看病。树医五十多岁,戴着一副圈圈很多的眼镜,他围着树转了一圈,接着又转了一圈。边看边摇头,心想,没什么病啊,没虫,汁水很旺。低头闻了闻树的"血",没有异味,按他多年的经验来说,树很健康,啥毛病也没有。

没病,怎么会叶子发蔫呢?随行的人说:肯定是病了!树医把头摇成拨浪鼓,问:这树有过什么故事吗?

随从的说:一棵树,能有什么故事?又不是人!

树医说:不要以为只有人才配有故事,有时候,人不如一棵树。

随从的不说话了。树医知道自己的话说得重了点,就解释说:我是说,最近有没有人和这树有什么特别的感情?

随从的说,对了,有的!有个疯女人死了。

树医问:为什么?

随从说:疯女人常在这棵树下住,前几天,女人被车撞了,死了。

树医点了一下头说知道了。然后来到了树跟前,用手抚摸着树,抚摸得很温柔,很缠绵,边抚摸边跟树叽叽咕咕地说话。说了好久,之后,专家拍拍树说:我走了。

树好像听懂了树医的话,随风摇了摇自己的树叶……

一个星期过后,树医和原来跟着他的人又来到了芙蓉街。离老远,大家就看到合欢树叶片葱绿。树医很高兴,来到树下,拍了拍树,轻轻地叹了口气说,唉,苦了你啦!

树随风摇了摇。树医知道,芙蓉树已经活过来了。

回去的路上,随从的都想知道树医用什么方法给树治好了病,就问树医。

树医告诉他们:用心。

树医看大家都很迷茫,就揭了谜底:万物都是生灵。树,也是。

桃花红

○闵凡利

小和尚了空这段时间毛毛躁躁的。他抬头看看天,太阳暖暖的,向远处望了望,山在渐渐地长绿。他走出山门,伸了个懒腰。门旁桃树的花苞绽开了。他对老和尚说:师父,桃花开了呢!

老和尚睁开了眼,说:是吗?

了空说着跑到了桃花跟前,师父,开了三朵了!

师父说,是啊,花要开,是很快的,就似人一样,说老就老了!

了空说:看师父说的,花哪能跟人比呢? 人一辈子多长啊!

老和尚笑了:人的一辈子其实比桃花也长不到哪里去啊! 说着,老和尚的目光穿过山门望向了远处,好像一下子穿过眼前这座山,看到红尘,看到后面的那座桃花岭……

看着看着,老和尚把两眼闭上了,接着了空就听师父念了声"阿弥陀佛"……

第二天了空起床专门去看了山门外的那棵桃树。苞蕾几乎全开了,花瓣颤颤地举着。了空对师父说:师父,桃花都开了呀!

老和尚来到桃树前,看了看满树的花,没言语。

了空问:师父,咋开得这么快呢? 昨天才几朵,一夜过去,全开开了,好像没明天似的!

老和尚说:五月里就要把桃子结出来,现在不急着开,到时桃子是结不出来的。

小和尚点点头,好像明白师父的话。他问:咱何时去桃花岭啊?

师父看了看桃树说,花都开开了,那就今天吧……

桃花岭与静心寺隔着一座山,也就两个时辰的路。师徒俩吃过早饭就动身了。到达桃花岭时,了空就发现师叔慧静已在庵门口等候了。

师父见了师叔,说了句"阿弥陀佛"。师叔也回了一句。之后师父就丢开师叔和了空进了桃园。桃园太大了,一个坡都是清一色的灿烂和绚丽。

从了空进入空门起,每年老和尚都会带着他来这里看桃花。师父说这里的桃花美,铺天盖地的,既有层次感,又海一样地辽阔。

师叔所住的地方叫桃绚庵。庵不大,一个院,住师叔一人。庵也是佛堂,可师叔的庵里却没有佛像,后墙处只有一个条案。案上有一个香炉,炉中的烟正袅袅地飘。

师父去桃园深处了,师父逐渐融进绚丽中。了空看到师叔慧静眼里满是慈爱,很柔软。师叔望着师父走去的方向嘴角荡着笑意。了空来到慧静师叔的身旁,问:师叔,庵堂里咋不供佛啊?

慧静说:供了。

了空问:在哪儿?我怎么没看见?

慧静用手指指门外那"绯红的海洋":看到了吗?

了空说:那都是桃花啊!

慧静说:桃花就是我的佛!

了空不明白了。慧静看了看了空清澈的眼睛说,给你讲个故事吧——

从前,善州城里有个白员外,他有个独生女叫芊儿。那是初春,芊儿和丫鬟来到桃花岭。当时的岭上还没这么多的桃花。芊儿一下子被

吸引住了。这时过来一位书生,也是来看桃花的。芊儿抬头看了书生一眼,可巧书生也在看她,就那一眼,芊儿就把那位书生记心里去了。丫鬟告诉小姐:这个儒雅俊秀的书生就是善州的秀才张君瑞!

说起张秀才,那可是善州女孩子的偶像。张秀才面对着桃花的绽放和绚烂,不由得咂舌:美啊,好美啊!芊儿没想到一个男人这么喜欢花,还是人们对此有争议的桃花。

张秀才在花丛中待了很久很久。当他踏上归路时,又回过头对桃花说:你好好地开,明年的今日,我还来看你!

第二年的这天,芊儿又来到桃园。没多久,张秀才真的来了。

看着这铺天盖地的红,张秀才很激动。他看到芊儿,先是蹙了一下眉,然后和芊儿打招呼。芊儿笑着点点头。芊儿问他:就这么喜欢桃花?张秀才说,在所有花中,他最喜欢的就是桃花。芊儿问:为什么?张秀才说也不知为什么,好像他前世是一朵桃花的魂。张秀才说,自从知道这儿有片桃林,我每年都过来看,以前是,以后也是。张秀才说,如果不来看看,这一年就好像白过了。

后来芊儿让她爹花钱买下了这个山坡。

后来,芊儿做出一个决定:在山坡上建一座庙。那座庙就叫桃绚庵。再后来,芊儿就削发来到这个庵里,成了这庵里的主人……

了空知道师叔在讲谁的故事,就问:芊儿为什么要到这个庵里来做主人啊?

师叔诵了声"阿弥陀佛"。

了空说:张秀才说每年都来看桃花的。说起来,芊儿是为了每年一次的相见啊。

师叔点点头,又诵声"阿弥陀佛"。

了空说:师叔,你说,芊儿苦吗?

师叔摇了摇头。

了空说:我真的不理解芊儿!

师叔叹了一口气说:芊儿知道张秀才不是属于她的,但能让她每年见一次张秀才她就心满意足了。

了空说:芊儿太傻了!

师叔念了一句"阿弥陀佛"。

了空说:师叔,我知道,是太痴了!

师叔说:世上的哪个人不痴呢? 有人对钱痴,有人对情痴,有人是对恨痴。芊儿是对爱痴!

了空想了想说:师叔说得也是,你看我师父吧,他就是对桃花痴……

这时,师父过来了。

了空说:师父,师叔说,桃花是她的佛!

师父念了句阿弥陀佛。师父不看师叔,把目光转向绚丽的桃花说:美啊,真的太美啊。

了空看到师叔脸上露出微笑,菩萨一样的。

师父给师叔深深鞠了一个躬,说:辛苦了,又比去年多了一百树桃花。

师叔脸上漾着笑,摇了摇头,念了句"阿弥陀佛"。

师父说:我现在才知道,无论我怎么念佛,都不能消弭我的罪过。

师叔说:你没罪,有罪的只是人的贪心。

师叔说:知道我为什么落发吗? 我就是想告诉世人,难道喜欢就要一定得到吗? 守着,不是更美吗?

师父说:是啊,守着,是美,可要等一个春夏秋冬啊!

师叔说:对我来说,那是短暂的。其实,等待就是拥有啊!

了空看着师父和师叔,不知他们在斗什么机锋。但从两个人的表情看,师父落于下风。师父显得很痛苦。

师叔说：你不要自责，有些事，是注定的！

师父说：这不是理由。我的罪过我知道。

师叔说：我常想，人如能像桃花一样，轰轰烈烈地开一次，好好地结一次果，那该是多么美好的事。

师父说：是啊。

师叔说：可有些花是结果的，有些花的绽放只是为了美丽。我想，我的生命就是为了等一个人，等那个人一年一次来这儿看桃花！

师父说：阿弥陀佛。

师叔对了空一笑说：知道我为什么不供佛吗？因为，我把那来看花的人塑到我心里去了！他才是我的佛啊！……

夕阳西下，了空和师父要踏上归程了。路上，了空说：师父，我知道师叔的故事了。

老和尚没有说啥，只是走。

了空说：师父，你说师叔苦吗？

老和尚说：虽然苦，但你师叔每年还能等来她要见的人。可有一个人，自从在桃花中和他爱的那个人走散后，就再也见不到了，她走了，永远地走了……师父眼里飘出水雾……

了空看了看师父说：你怎么流泪了呢？

老和尚问：是吗？

了空说是。

老和尚"唉"了一声，然后用衲衣擦了泪，又回过头，对着桃花岭念了一句"阿弥陀佛"。

放　生

○刘正权

　　前面有座桥,桥有名字,放生桥! 宁小玉趴在栏杆上往下看,看见一尾尾的红鲤鱼被一些老太太或者老大嫂捧在手中小心翼翼地往河水里放。

　　宁小玉就笑,说,放了逮,逮了放,不嫌麻烦啊?

　　宁小玉眼神好,又得了居高临下的势,自然能看见下游河边有许多人正布网下钩。

　　陈小奇眼神不好,属于书读得比较深的那种人,书读深了,心就瓷实,只晓得书本里的东西,书本以外的,则知之甚少了。

　　陈小奇爱怜地抚了一下宁小玉的背,说这也算鱼的一个轮回吧!

　　轮回? 宁小玉笑,鱼也有轮回?

　　有啊! 陈小奇瞪大眼,孩子气地辩驳说,鱼上了岸不就是轮回吗? 跟人入了土没区别的!

　　宁小玉说,那照你说,鱼迟早要轮回的,干吗人还要放生?

　　这叫修缘啊! 陈小奇用居士的口气说。

　　修缘? 还济公呢! 宁小玉抿了嘴笑,她刚看过《济公新传》这部电视剧,知道济公有个俗名叫李修缘。

　　对啊,不修今生休来生,不修自身修儿孙! 陈小奇一丝不苟地说,

完了一牵宁小玉的手,说,我们也去放生吧!

宁小玉心里热了一下,她的手是第二次被男人这么温柔地牵呢!第一次是陈小奇,第二次还是陈小奇,其他的男人只想攥着她的手!

陈小奇和宁小玉是在这个江南小镇偶遇上的,如仅仅是他乡遇故知也就罢了,问题是,两人曾经有段刻骨铭心的恋情。

男人是非常渴望公休的,成家的男人不,陈小奇是那种成了家又非常渴望公休的男人,他的工作性质和家庭决定了,他需要一个公休出来走一走。陈小奇是名检察官,这年月案子多,天天动脑筋,陈小奇头都大了,所以公休一到,他就迫不及待出了门,套用他老婆刻薄的说法叫比放了生的鱼儿游得还欢!

眼下,遇上宁小玉,陈小奇更欢实了。欢实的陈小奇不知道,为这次偶遇,宁小玉苦等了三年,陈小奇的欢实是因为,宁小玉是那种温柔聪慧的女孩子,与他老婆相去甚远,出门旅游,有她相伴一定值得回味一生。

这么臆想,并不等于证明陈小奇打算和宁小玉之间发生点什么,当然,真有什么发生陈小奇也未必拒绝得了。

不是说陈小奇对婚姻不够严肃,而是陈小奇觉得嘛,婚姻也好,恋爱也罢,需要的不是严肃,认真即可。

眼下,他只想认真牵了宁小玉的手去放一回生。

河下游是年轻人的世界,确切地说是半大小子的世界,一尾尾红鲤鱼在空中被丝线牵着画着圆弧甩上岸,陈小奇连声跑过去劝说道,轻点甩,轻点甩嘛!可是却没人理他。

宁小玉笑他迂腐,说鱼又不知道疼!

陈小奇很奇怪地望她一眼,鱼怎么不知道疼?你看它疼得在岸上拼命蹦呢?

宁小玉一撇嘴,知道疼它还会一次又一次上钩?诚然,这下游的

鱼中不少是刚从上游放生下来的。

陈小奇叹口气，说，这正如人生没有永远的痛一样，除非你天天提醒自己记得它！

陈小奇说这话时眼神很怜悯，他的脚下正好有一条甩得奄奄一息的红鲤鱼。

宁小玉蹲下身子，拿根小棍拨了拨鱼的身子。红鲤鱼的尾巴弹了一下，就一下，不动了，可能生命进入倒计时了。

钓上这条鱼的男孩走过来，拿脚碰了碰，说，不值钱了，熬汤喝喝还差不多！

陈小奇忽然闷头闷脑地说，卖给我！

男孩很奇怪，说这条鱼放不活的！他以为陈小奇和宁小玉是夫妻，经常有夫妻为求一男半女来买鱼在放生桥下放生的，据说灵验得很！

宁小玉脸红了一下，偷眼看陈小奇，陈小奇脸也红了。这样的传说到处都是，于他们并不陌生。但红归红，陈小奇心思没跑远，一本正经地从口袋里掏出钱来，买下了那条奄奄一息的鱼，然后小心翼翼捧着往上游走。

有救吗？宁小玉小心翼翼地问了一句。

不试怎么知道呢？陈小奇说。

春日的阳光还是那样的明媚，宁小玉心里却没来由地烫了一下，是啊，不试怎么知道呢？她这次制造偶遇不就是为了求个结果吗？

鱼下了水，在河里晃了几下，肚皮朝上，艰难地吐着水泡。

像他这么死心眼儿的人，只怕跟鱼一样，上钩也很容易的！宁小玉暗自揣测着把身子递了过去。陈小奇没拒绝，头一歪靠在宁小玉身边，拿手搅动着河水，希望用这种方式给鱼增氧。

宁小玉把手环上陈小奇的脖子，说，小奇你娶了我吧！

陈小奇停止搅水,说,我已经结婚了,怎么娶?三年前你这么说,我一定要你!

可我听说,你的婚姻并不幸福!宁小玉咬了下红唇说,而且听说她是个刻薄的女人!

刻薄吗?是的!陈小奇把眼神抬向天空,说,小玉,你应该知道的,婚姻好比琢玉,比的不是谁的玉好,而是谁的雕工独到!比如这条鱼吧,本来要死了,但用点心增氧也不是没复活的可能啊!陈小奇一碰宁小玉,说,你看啊小玉,是不是这样的!宁小玉就低了头看那尾红鲤鱼,在陈小奇的增氧下,那鱼居然呼吸顺畅起来,身子也活泛起来,尾一摆,游到了水草深处。

人生没有永远的痛,除非你天天提醒自己记得它!陈小奇的声音再一次在耳边响起。

是不是也该给自己放一回生呢?宁小玉支着下额陷入了沉思。她一直以为,自己离开了陈小奇会活不下去,可三年了,一千零九十五个日日夜夜,不也艰难呼吸着扛过来了?

刘 好 手

○围公

　　刘好手原名刘好光，早些年，他在白水巷开了一家面食店，因蒸得一手好馒头，便被街坊喊为刘好手了。

　　几年下来，面食店生意还算不错，刘好手攒下了几个钱。一有钱，心就大，刘好手便觉得开小店不过瘾了。一番折腾，把面食店给盘了出去，又在樊楼旁边开了一家酒肆，取名就叫"刘好手酒肆"。

　　樊楼在东京算是五星级酒楼，上面开了很多的小阁子——想来就是包厢了。来这里消费的，多是王子皇孙，豪商巨贾，有时还有朝中的重臣……这些人花钱毫不含糊，出手都很大方——不大方你别来这儿！

　　然而，世上有钱人毕竟是少数，刘好手就看准了这个商机。

　　酒肆装饰得很典雅，里面也隔成了许多小阁子。但这儿没有樊楼的喧嚣与嘈杂，花费更是与樊楼天壤之别。

　　到这儿来的顾客，常常是那些手里没有实权的闲杂小官，或者囊中羞涩的文人墨客。他们花很少的钱，坐在一起聚一聚，醉上一场，消消胸中的郁闷之气。在他们看来，这里比去樊楼划算多了。他们慢慢地喜欢上了刘好手酒肆！

　　刚开张的那段日子，刘好手酒肆的生意却非常冷清。

　　京城的人大都有些怪毛病，譬如喝酒，再不济也得去一家老字号

的小酒馆,或者虽不是老字号,也要有奇特的地方。也就是说,他们喝的不仅仅是酒,还有别的东西!

刘好手酒肆所缺少的,就是这"别的东西"。为了这"别的东西",刘好手绞尽了脑汁。

刘好手孟州有一个朋友,绰号叫木鱼,是个耍障眼法的。鹤发童颜,看上去颇有几分仙风道骨。有一天,他来到刘好手酒肆,找了一个靠窗的位子坐下来。酒店内,稀稀拉拉几个客人在喝酒。

"来壶好酒!"木鱼的声音很高,客人都抬起头来。

店小二跑过来,递上一壶酒。木鱼喝一口,连呼:"果然好酒!"便从褡裢里摸出虎皮篾子,把钱往桌上一倒,钱夹子空了。"全拿去!"木鱼说。

一壶酒喝完。木鱼又喊道:"再来一壶!"

酒上来,他又摸出虎皮篾子,往桌上一倒,竟然又倒出钱来。

如是三次,客人们都蒙了,停下酒杯——他们不明白这究竟是怎么回事!

隔日,市井中就传开了,说刘好手酒肆来了一位神仙,白须飘拂,喝得酩酊大醉而去。

消息传出,人们对刘好手酒肆产生了极大的兴趣。他们都想前去品尝一下神仙喝过的酒是个什么滋味!

这只是刘好手为招徕顾客所耍的一个小小的把戏。当然,其他的还有。只是作文讲究留白,就不一一赘述了。

差点给忘了,还有一件事,得简单提一下。

刘好手在酒肆最醒目的地方做了一个木橱,隔成好些格子。每个格子上都写着一个小字条,内容是"某某日顾客遗落雨伞一柄""某某日顾客遗落折叠纸扇一柄"等。当然,遗落物有不久就被顾客领走了的,也有一些或许顾客永远都不会来认领了。

不管怎么说,刘好手酒肆的生意一天比一天好起来,银子源源不断地流进了刘好手的钱柜。

刘好手脸上挂满笑容。

可是,每到深夜,客走店静之后,刘好手的烦恼就来了。

除了结发妻子王氏以外,刘好手已纳了两房小妾,可都没有生下一男半女。

刘好手曾多次撕拽着自己的头发,怔怔地问自己:"我挣这么多钱留给谁呀?"

这些天,又多出一件叫刘好手感到闹心的事。

不知什么时候,酒肆的隔壁搬来一对小夫妻。他们开了一家小豆腐坊,连带着卖豆腐羹、煎豆腐。

这对小夫妻也透着一点古怪。譬如卖豆腐羹吧,只每天早起卖,卖五十碗。一卖够五十碗就收摊子,不卖啦!

煎豆腐、豆腐羹所用的豆腐,都是小两口自己做的。每天五更里,小两口就起床磨豆腐。这小两口喜欢唱歌,磨着豆腐,他们就对起歌来。尽管他们的歌声很低,几乎和哼差不多,但刘好手听着还是刺耳。

刘好手睡觉,只有五更才睡得踏实一点。这小两口一哼歌,他就再也睡不着了!

他对这歌声窝火透了。

清早起来,刘好手脚下像踩了一块云彩,飘飘忽忽的。碰巧与小两口打个照面,小两口还会灿烂地朝他笑一笑。

刘好手觉得那笑像马蜂一样蜇在他心上。

忽然有一天,刘好手发现小媳妇走路笨了许多,再一看,小媳妇的肚子鼓起来了。刘好手一下子傻眼了。直到小媳妇走出他的视野,他还愣在那儿。

这一夜,刘好手更加烦躁,眼看五更天了,还没有一丝睡意。他打

开银柜,看着一锭锭雪白的银子,忽然哭起来。就在这个时候,他再次听到了那让他心碎的歌声。

刘好手愤怒了,爆发了,他随手抓起一锭银子,冲到院子里,隔着院墙,将银子狠狠砸向邻院。

"嗵!"银子可能砸在了院子里的陶瓷花盆上,发出一声钝响。

"谁呀?"歌声停止。院子里一片静寂。

"不知道是猫还是贼。"小媳妇的声音有一丝颤抖。

只听丈夫笑了一声,说:"贼瞎眼了,来偷咱家!"停一停,男的又说:"我掌灯去瞧瞧。"

"吱呀!"门响一下。院子里游走着一点如豆的灯火。随之,男的压低声音喊起来:"娘子,快来看!"

一阵细碎的脚步声。

"呀!"女的低喊一声,嘴就像被什么捂住了一般。

院子里又是一阵慌乱。这一夜,歌声消失了。

隔一日,刘好手见到小两口,两个人心事重重的样子,人也憔悴了许多。

又过几天,这对小夫妻搬走了。

刘好手酒肆的生意越来越红火了,可刘好手的心情却一天比一天糟糕。

鬼　脸

○杨海林

　　我们这地方旧属楚地。楚人好巫,好巫则喜鬼。这里的人深信鬼也有愿意帮助他们的,这些鬼就是善鬼。跟善鬼搞好关系,请他们对付恶鬼,不但效果好,还省了人的许多麻烦。

　　要跟善鬼们搞好关系,必得在家中悬挂鬼脸。

　　鬼脸一般用木头做成,没画好之前,下面一个圆脸,上面呢,是一个用来悬挂的柄。这个时候叫素脸。被买回去挂到墙上的,是在素脸上彩绘过的。

　　文化馆的吴大可馆长就是彩绘的专家。他画的鬼脸,不仔细看,那就是一团锦簇的花朵。细看了,那眉眼,那獠牙,才渐渐清晰起来。

　　给吴大可提供素脸的,是一个合作多年的木匠,叫李子如。李子如的素脸,选用的都是三十年以上的桃木,伐下来,要在药液里煮一个时辰,然后在屋里阴干半个月。这样做成的鬼脸,不干裂,也不会被虫蛀。

　　吴大可的鬼脸很畅销,李子如的素脸跟不上他用。吴大可知道,李子如的活儿,急是急不来的。所以呢,这么多年来,两人虽然免不了磕磕碰碰,可合作得还算愉快。

　　吴大可这么多年只和李子如合作,私底里,他还有另一层心思。他听说过李子如家里有一个祖传的鬼脸。

这个鬼脸，李家人多少代一直用自己的血液供养，不仅桃木温润如玉，而且面目极其狞恶。李家人刺指饲血的时候，鬼脸会自己伸出舌头来舔。清江浦一直有传说，认为这样的鬼脸已经被养活了。养活了的鬼脸，可以给人治病。不管怎样的疑难杂症，只要被它舔一下，病就可以痊愈。

吴大可一开始不信。直到有一次，吴大可的父亲得了食道癌，李子如提着一个小包去医院看望过吴大可的父亲，吴大可才转变了看法。那天，李子如一来，就把病房里的其他人撵了出去。那个时候，吴大可的父亲病情危重。后来，李子如什么也没说就走了。从那之后，吴大可父亲的病竟一天天好起来。老父亲说李子如当初来看他的时候，他觉得脖子好像被一种软软的东西碰了一下。

难道李子如真有一个活鬼脸？私底下问李子如，李子如笑而不答。不回答就不问了，吴大可表现得很豁达。两个人仍然是很要好的合作伙伴。

李子如喜欢喝大叶子茶。他的茶叶都是街面上那些挑担子的浙江女子卖的，成色差，价格当然便宜，很适合李子如这种家境不好但有品茶嗜好的人。自从吴大可的父亲病愈后，吴大可就经常给李子如送好茶叶。吴大可说这些茶叶都是买鬼脸的人送给他的。李子如推不过，就收下了。

两年之后，李子如生病了。到医院一查，竟是一种很棘手的病。素脸是做不了啦。吴大可呢，隔三岔五的，还是往李子如的病房跑，还给他送茶叶。

有一天，病床上的李子如忽然对儿子说，你撮一点这茶叶，请人化验一下。儿子问，你怀疑这茶叶有毒？李子如笑笑，你去化验吧。

化验的结果很快出来了，就是店里卖的普通茶叶。

吴大可再来，李子如就叹一口气，说我知道我为什么生这病了，是

我的心思太多啦。从你送我第一包茶叶起，我就怀疑你是想得到我的鬼脸。你的茶叶，我一包也没喝，都扔啦。你想想，我天天怀着提防的心思活着，能不累吗？能不生病吗？我家的鬼脸，虽然很神，但它没有传说的那么邪乎。我的祖上是行医的。那个鬼脸传了几代，一直是用中药浸泡的，所以它有治病的功效。每日给它饲血，也是为了增加它的药效。我那次去你父亲的病房，是给他灌了一点用这鬼脸熬过的汤药。

那你为什么不用这个鬼脸给自己熬一碗汤药呢？

不用啦。那个鬼脸，也不能治所有的病。而且，我想用死亡的方式来赎还这些年对你的猜忌。

李子如就死了。

死后，他关照自己的儿子，把那个鬼脸送给吴大可。

吴大可抚摸了那个鬼脸半天，叹了口气。在李子如生病之前，他送的茶叶里其实是掺了轻微的毒的。他希望李子如在不知不觉中中毒死去，然后再用自己做的鬼脸替换李子如家的这一个。

李子如生病后，吴大可夜夜梦见那个鬼脸笑着舔他的血。

后来，吴大可也生了病，也住在这家医院。也就是从李子如住院起，他给李子如的茶叶，才是店里卖的那种普通茶叶。

吴大可叹口气，将那个鬼脸从高高的住院大楼扔了下去。

三 人 行

○葛长海

　　寝室坐落在拐角楼上,二楼是女生,三楼是男生。寝室里双人床的布局呈"工"字形,我和左世辉睡在"工"字的右上角。几乎每晚临睡前左世辉都要评论我们班的女生,令我感到困惑的是他从来没有褒贬过崔萍。有一次,实在忍不住了,我问:"崔萍呢?"左世辉咬着牙笑笑回答:"虎背熊腰,一帖膏药。"

　　我们三个人来自同一个村庄,左世辉比我俩小一岁。

　　平日里,崔萍喜欢把左世辉拉到一边"耳提面命"。左世辉曾经央告过我:"老兄,崔萍要是喊我说话,只要你瞅见了,无论如何都要上前去打岔,救救兄弟,拜托了。"我当时想都没想就答应了。有一天,看见崔萍对着左世辉指手画脚,我走上前去打着哈哈道:"世辉,咱打羽毛球去。"左世辉面呈难色,斜眼瞄着崔萍。崔萍毫不客气地冲我挥手斥道:"俩人说话,插嘴是驴。你,一边儿玩去。"

　　班主任说左世辉是"一档",他对"二档"们进行战前动员时说:"你们要加油啊,左世辉同学考上大学是三个指头捏核桃——稳拿,你们要骑驴找马,使劲撵啊。"我是"三档",经常缠着左世辉给我开小灶。经过他的指点和我的不懈努力,我也被班主任归入"二档",我越发跟屁虫一样缠着左世辉。他也有起腻的时候,有好几次我找他辅

导,他说:"老兄,我脑子里一盆糨糊,不行,我得钓鱼去,换换脑子。"望着他拿着简易的钓具扬长而去,我忌妒得真想哭,一样是人,人家的脑子咋长的?左世辉钓鱼很在行,回回不落空。他把鱼宰掉洗净,烧烤煎炸生着法子弄熟。别看崔萍隔三岔五地熊他,他把鱼都孝敬她了,我连个鱼骨头也没嘬过。我骂他重色轻友,他只一笑。填报志愿时,崔萍当着大家的面很露骨很亲昵地指令道:"辉,比着你的志愿给我抄一份。"左世辉很老实地给她誊了一份。说到左世辉为什么如此敬畏崔萍,我只知道一点,是他多年后有意无意地透给我的。原来,上高一的那年冬天,有一天半夜,左世辉闹肚子,他披衣爬起来去拐角楼后的厕所解手(该死,拐角楼上没设计厕所),方便完回来懵头懵脑钻进了女生寝室。巧的是女生寝室的双人床布局和我们男生寝室的布局一样,更巧的是,"工"字右上角挨过道的床上没人不说,被子还是抻好的。他打着寒战钻进被窝儿,舒舒服服躺下就又睡着了。下半夜四点钟光景,他被一声尖叫惊醒,寝室里顿时弥漫起轻微的骚动。这下子,他也觉出不对劲儿,脑子里一片空白。崔萍捂着他的嘴悄声说:"别动,等会儿消停了赶快滚蛋!"

高考过后,左世辉闲不住,报名参加了基层民兵训练。两个星期后,他回来了,人很黑很瘦,眼睛却精光四射。不久,录取通知书下来,那对小男女不知有意还是无意,不知是崔师姐超常发挥还是左贤弟发挥失常,他们俩考上同一所大学的同一个专业,我也考上省内一所警校。我心想,拜拜了两位,你们继续一个锅里搅勺子吧,咱不眼气。有一天,左世辉跑来约我去炸鱼,他说他都准备好了。我们出发了,兴致都很高。很快,来到左世辉事先选择好的野塘,他从背兜里摸出两枚手榴弹来。

左世辉因盗窃枪支弹药罪被判刑入狱四年。出狱那天,我去接他,他冲监狱大门深鞠一躬。

　　左世辉蹲监狱时,崔萍不仅经常抽空探望,而且还趁着寒暑假去左世辉家里陪伴他的父母。崔萍后来很瘦,几乎成了骨头架子,看得出,她有意减过肥。左世辉人前背后管崔萍叫姐,叫得亲热,叫着叫着就叫出了生分。左世辉在县城开了一爿店铺,专营笔墨纸砚,生意还不错。店铺的名字起得有意思——"无鱼阁"。

　　现如今,他们都年近三十,各自单身。左家爸妈和崔家父母提起各自儿女都摇头叹息。我曾多次领命分别摸他俩的心思。他俩面对我的旁敲侧击讥笑着:"你累不累?"

胖伙计瘦伙计

○袁省梅

胖伙计是庙里解卦的。

瘦伙计是庙里打杂的。

庙是高庙。高庙在高村。高村在黄河边上。高庙祭奉的有女娲娘娘,还有大禹、姜、后稷。传说有一年黄沙漫天,埋了一十八里的村子,独有高庙内洁净,不见一粒尘埃。说是高庙有三颗宝珠,避风珠、避沙珠、避水珠,因而千百年来风沙不入,洪水不淹,巍然屹立。这些是听瘦伙计讲的。

胖伙计只讲卦。游人来了,拜女娲,求姜,希冀富贵太平、免病消灾。拜完,就会晃一个卦筒,哗哗,哗哗,一个卦签就"当"地掉落。捡起,递给胖伙计。胖伙计就架上眼镜,持了签子,一二三四五地讲起来。

胖伙计的桌子边有个功德箱。人们往里面投了钱,还要给胖伙计解卦钱。胖伙计不计较钱多钱少,倏地就揣在怀里,笑眯眯地给人宽慰或者祝福。人都说胖伙计不错。

平日庙里游人很少,前来拜献的也少。胖伙计就闲了,抄着手,站在廊檐下看黄河看黄沙看黄沙边绿的农田和旁边的村子,唯独不看瘦伙计。

瘦伙计闲不下来。黄河边风多。一年一场风,初一刮到年终。天天有风,天天就得打扫庙里庙院。没有游人,瘦伙计也打扫。先是举着个掸子拂了神像上香案上的灰,拂了一面一面大红旌旗上的灰,再擦条凳香案,然后,就抢着一把偌大的扫帚,从早起扫到吃饭,吃了饭,接着扫。

胖伙计看不起瘦伙计。胖伙计说,洒扫哪个不会?你解一个卦试试。说的也是。胖伙计觉得自己是有本事有文化的人,就支使瘦伙计打水、做饭、洗衣……胖伙计、瘦伙计都没有家室,都在庙院住着。庙院里有好多空房子。胖伙计住东厢房的一间,瘦伙计住西厢房的一间。有一年,胖伙计病了,夜里要人照顾,瘦伙计就把铺盖卷到了东厢房。胖伙计好了,就把瘦伙计的铺盖抱到了西厢房。胖伙计说,你身上的味太冲,受不了。瘦伙计嘿嘿笑着,挠挠光头,走了。

可是,胖伙计却不嫌弃瘦伙计做的饭。一日三餐,都是瘦伙计做。胖伙计吃得有滋有味。有时也挑剔,嫌咸了淡了。嫌弃着,也不少吃一口。倒是瘦伙计上心,使筷子头蘸一点菜水,尝尝,吧唧吧唧嘴,皱着眉头说没品出咸淡。碗里的菜已经见底了。

有时,他们也闲扯几句,都是胖伙计说瘦伙计听。说得最多的是他小时候家境怎样殷实富裕,说他小时候怎样读书,先生怎样严厉,拿着板子打手心……说来说去,说了八百遍了,还是那点东西。可瘦伙计每次都跟初次听说一样专注认真,盯着胖伙计的脸,跟着胖伙计讲说的内容,欢欣或者唏嘘。胖伙计不看瘦伙计,他看黄河。缓缓流淌的黄河看不看他,听不听他的叨叨,不知道。

三月十八,九月十八,是高庙庙会。这两天游人多,求卦的人也多。胖伙计就忙,从早起开了庙门给赶着烧头炷香的人解卦,到了半下午,也闲不下来。庙会时,瘦伙计有时在庙里,看看香炉里的香烛插满了,就拔起,摁灭,放在香案下。有时在院子里,拎着撮箕笤帚,打扫

卫生。

胖伙计、瘦伙计都忙。

我去过高庙几次，是凑热闹，是去看庙外的黄河、黄沙边的绿地和庙门前的货摊、小吃摊。人来人往，俗世的喜庆充盈着满满的快乐。

今年三月十八，我又去了。正殿门侧边桌子后端坐的还是胖伙计。他正忙着给人解卦，忙着收钱，胖脸上紫红闪亮。庙院里拿着撮箕笤帚的不是瘦伙计，是个矮小的老头，黑着眉眼，呵斥着游人不要乱扔东西，扁阔的嘴巴不满地咕咕哝哝。

原来，瘦伙计离开了高庙。有人说是让外甥接回家养老去了。庙院终归不是家。有人说是因为胖伙计收卦钱的事，瘦伙计跟胖伙计闹翻了，让胖伙计的侄子打发走了。胖伙计的侄子是高村的主任。

我想起来了——去年，跟朋友来闲玩，朋友要抽签，抽了签，却找不到胖伙计。不是庙会，瘦伙计说胖伙计去他侄子家了，他去喊。转身走时，瘦伙计又折回身子，叮嘱我们解卦不要钱，说是村里给他们发工资，胖伙计向你要，你别给。胖伙计来了，解了卦，仍然伸手要钱。我说不是不收费吗？不是村里给你发工资的吗？我看见胖伙计的胖脸倏地就黑红油亮了，嗫嚅着说不出话来，拿眼睛剜了瘦伙计一下——真是因为这个吗？

九月十八高庙会时，我又去了。庙里，胖伙计还是坐在正殿门侧的桌子后，忙着给人解卦，忙着将钱揣到怀里。庙院里，意外地看见了瘦伙计。他提着撮箕笤帚在游人中捡拾、清扫。

一个叫呆瓜的山贼

○李俊逸

很多年以前,我是点苍派的一名弟子。

很多年以后,我是一名山贼。

我叫阿财,可师兄师弟都叫我呆瓜,因为师父教我的东西我都学不好。后来我当了山贼,他们还是叫我呆瓜。

在点苍派的时候,我的师父叫一阳子。我很笨,学武功总是学不会,是最差的一个。我的慧根太差,秘籍总是记不住,就连招式的姿势都学不像。师兄们都笑话我,连新来的小师弟也笑话我。只有师父对我好,他只是摸摸我的头,叹口气,让我去做些粗活儿,比如砍柴、挑水之类的。

做山贼的时候,我依然是个最笨的山贼,只有跟着弟兄们,我才有口饭吃。我的武功最差,跑得又最慢,每次弟兄们都收拾得差不多了,我才赶到。所以我每次搬财物时最积极,尽量多出点力气。好在大家都不介意。做山贼的弟兄们和我出没在一片树林里,靠抢劫过路的客商为生,有时也会打家劫舍,所以这一带的人们很怕我们。

我本来不想做山贼的,可是点苍派是个小派,被天龙帮给灭了。那天师父派我去给华山派送信,等我回来一看,点苍派已遭灭门之祸,于是我便把他们都埋了。师父走时还欠我十两银子没还呢。不是我

贪财，而是我以后该咋活呀？想做点小生意，手上没有本钱。算了，还是去投靠那些山贼吧，好歹有口饭吃。

山贼做的是杀人越货的勾当，用别人的牺牲来换取自己的生存，每一个山贼都必须学会无情，只有这样才能存活下来。

其实每次打劫的时候，看到那些老弱妇孺我都不忍下手，心想只是劫劫财算了，放他们一条生路。但是周围的弟兄们个个动作麻利，手起刀落，一个不留。我问他们为什么，他们说难道你不怕他们下山去报官或者找一武林高手来收拾我们？到时候下场比他们还惨。让他们活了，我们就活不成了。

我有一个好兄弟叫快刀麻，因为他出刀快，脸上有麻子。他的功夫最好，每次打劫时他最积极，杀人最多，身上的伤疤也最多。

我跟快刀麻的关系很好，经常帮他洗洗衣服，端个茶、倒个水什么的。他也很照顾我，知道我功夫不好，打劫时只是让我在旁边大呼小叫地吓吓人，不用我去跟人拼命，多出点力气扛东西就行了。我很满足，有时甚至在想，跟他在一起不愁吃穿，一辈子有依靠了。每次想到这里，我就会露出无邪的笑容，抬起头仰视他，用崇拜的目光注视他片刻。

这天，我们去打劫一个叫洪七的人。那个年轻人看上去很忧郁，眼睛里空洞无物，肩上扛着一把刀，用布裹着。

当我们几十个人站在他面前时，他仿佛没有看见一样。谁都没有说话，只有风穿过树林的声音。我站在人群后面，感到隐隐的杀气。

片刻后，"呀——"快刀麻拖着大刀直奔洪七而去，只见洪七肩上的布一抖，一道白光闪过，快刀麻像愣住了一般，然后缓缓倒下。

洪七的刀比快刀麻的还快。

我有点哆嗦了。不知是谁喊了一声"上啊，剁了他"，弟兄们全都冲了上去。只听见一片惨叫声，眼前血红一片。我头一昏，一头倒在

了草堆里。

不知过了多久，我缓缓醒来。四周无声。一打量，弟兄们全死了，除了我之外，没留下一个活口。"哇"的一声，我号啕大哭，想起一起打劫的日子里，他们对我的诸般照顾，想到失去他们后我的生计问题，不由得悲从中来，连自己也分不清是在哭他们还是在哭自己。不知哭了多久，我止住眼泪，挖了个大坑，把他们合葬了。我没有本事为他们报仇，也没本事为点苍派的师父师兄报仇，只在他们的坟前磕了几个头，让他们早日安息。

自从我踏入江湖以来，不断地有仇家寻上门来，还有所谓的名门正派来剿灭我们，老大换了一个又一个。江湖每天都有派别被灭掉，又有新的派别产生。我身边的那些聪明的、武功比我好的弟兄一个个都死了。

我是一个很笨的山贼，但是我活了下来。我找过算命的。算命的说，你以为你真的笨吗？

寻找天香的人

○陈毓

收集天香。这念头，是老郝在一次来得猛烈、去得莫名的头痛之后有的。

所谓天香，就是天然、自然之香。

那次头痛仿佛一个启示，一个竖在老郝漫漫人生路上的醒目路标。这之前，老郝经营着"老郝羊肉泡馍庄"。取"庄"而非"馆"，老郝是要取"庄"之庄重。老郝觉得心里没法跟人说，倒不是担心别人心生歧义笑话他，要是老郝那么在意别人的说法，老郝也不是老郝了。很简单，老郝最见不得眼下普遍存在的不郑重。

好吧，郑重的老郝郑重地经营着他的"老郝羊肉泡馍庄"。"老郝羊肉泡馍庄"的生意从开张第一天直到更换主人的那天都是门庭若市。

那么好的生意却要放弃，用句流行的话说，这是为什么呢？

好端端的老郝、从不头痛的老郝那天突然晴天霹雳般头痛起来。身材比老郝娇小一半的丁一笑挣出吃奶的劲试图搬动老郝胖大的身子送他去医院。忽然，疼得龇牙咧嘴的老郝感到他痛得像一块铁板的神经猛然松动了，因疼痛扭结的眉展开了。老郝停止挣扎，问丁一笑：我猛然闻见一股荷香气，我头不痛了。老郝摇了摇脑袋，脖子果然是

柔软的。真的不疼了？丁一笑问。

老郝捧着丁一笑的脸，在她的脖颈肩窝嗅了又嗅，他闻出了兰蔻香水在丁一笑耳边挥发出的暖暖的香味、雅诗兰黛精华液在她眉目间传递出的琥珀的味道。但是，那缕分明却又幽隐的、类似于荷花的香气，老郝没能找到源头。

老郝以前自学过几天中医，对中医的药草有些认知，于是就去查香味与疼痛的关系，虽然结果暧昧不明，但是，一个异常大胆的、又是十分美好的假设在老郝心中茁壮生长。他要经营天香，把香气卖给那些像自己一样需要香气救治的人。在充满假设和玄想的那些日子，老郝甚至希望那猛烈的头痛再次降临，为此，他早已在门前的草坪上养了两大缸荷花恭候。但是，这之后老郝胸闷过、胃痛过、鼻炎发作过，头却没有再痛过一次。老郝固执地选择去寻找能够医治疼痛的香。胸闷的时候他忽然莫名想念自己上幼儿园的时候幼儿园里那棵苍郁的老柏树，凭着记忆找到幼儿园所在的位置，但是，现在那里纪念碑似的耸立着一家五星级酒店，柏树的魂都没有了。胸闷催逼着他的脚，也引领着他。他在植物园门口停下脚步，看见那里正有一棵柏树，像一个久违的老朋友在等候他。老郝差不多是扑过去的，他站在树下贪婪地呼吸。奇迹一般，他的胸像有一扇看不见的窗似的向外界打开了。

这之后，老郝身体别的部位发生过这样那样的、各种不同的痛。胃痛的时候他想要闻五味子叶子的气味，打嗝的时候他想念在火锅里烫过的薄荷叶的味道，有次左眼皮狂跳不止，他也没有"要发财"的欢喜，却那么深不可测地怀念中学时代在半坡的一次春游中，自己举着一朵蓬勃的蒲公英让胖丫咕嘟着嘴唇吹的情景。奇怪的是，他想到蒲公英淡如秋露的味道的时候他的眼皮不跳了。

嗨，奇迹被我遇上了。老郝想。

　　"老郝羊肉泡馍庄"为老郝带来的滚滚钱财现在变成了一条又一条或宽或窄、或远或近的道路，条条道路通往广阔的原野，终端在某一棵树下，或是某一株藤萝边。有时候是波涛连天的浩渺大海，有时候是一条铺满青苔的小溪。现在老郝知道大海的气息能使他目明，阔叶的灌木林畅快的香气利尿，而针叶的灌木林的香却使他有饥饿感。除了自己闻那些他能够抵达的香源外，老郝收集那些香，把不同的香气装进各式各样的大大小小的瓶子，再把一个个瓶子插入架子，把架子镶进专门的箱子，箱子放在车上。车是好车。老郝驾车上路，他听见瓶子里的香气们或打瞌睡、或轻声交谈，偶尔争辩，都是美好。老郝就那么宽慰、那么舒服地笑了。

　　老郝收集天香的脚步终止在一片桦树林边。那是一面向南的山坡。老郝到达那里的时候正是下午三点钟，太阳温暖地照耀着桦树林。仲秋已过，桦叶深红深黄，衬着梦幻一般的白色树干，美得让老郝伤心。老郝把车停在一个僻静的角落，穿过眼前大片没膝的茅草，他闻到了他认为至高的、他唯一想要的终极的香气。他幸福到不想赞叹，满意到不能形容。他走到那片桦树林边缘，在桦树和草甸的交界处，躺下。开始他听见松子落进草皮的声息，一只松鼠跑过去的声音。没有一丝风，世界真安静真温暖啊，多么像一个舒服的摇篮啊。老郝最后尽情地向外部世界伸展他的身体。老郝的全部意识最后完全沉陷进他不想赞叹也不能形容的境界里去了。他装在口袋里的车钥匙，像得到密令似的，探出口袋，纵身一跃，完全是一副向主人学习的样子。

　　世界归于安静。依然无风。

石桌上开出的花朵

○庆慧

在一个深秋的清晨,朝阳还没有升起,寺院山门外凝满青霜的草地上,跪着一个中年人。

"师父,请原谅我吧。"他对从山门里走出来的方丈喊道。

二十年前,他曾是这座寺院里的一个沙弥,极得方丈喜爱。方丈将满怀希望寄托在他身上,一心想将他培养成自己的接法传人。但他终没能抵挡住寺外滚滚红尘的诱惑,在一个月夜背着方丈偷偷下了山。从此,他沉迷在灯红酒绿的世界中,花街柳巷,歌厅酒楼,他尽情地放浪着自己。

二十年后的一个深夜,他在一次醉酒中陡然惊醒,仿佛记不起自己是谁,为什么活在这个世界上。窗外月色如霜,清冷地洒在他的身上脸上。他忽然对自己二十年来昏昏噩噩地生活深感忏悔起来,泪流满面。继而他披衣而起,急急赶往寺院去找自己当年的师父。

"师父,您能原谅我过去的过错,再收我做一回弟子吗?"

方丈看着这个当初自己深深喜爱、尔后又让他失望透顶的弟子,坚决地摇头:"不,你罪孽深重,当坠地狱。要想我宽恕你,除非——"方丈信手一指佛堂门外的石桌,"那石桌上会自己开出花来。"说罢转身而去。

见师父不肯宽恕自己,中年人只好绝望地离开了寺院。

奇迹就在当天晚上发生了。当方丈一早开门去礼佛的时候,他惊呆了:一夜间,石桌上真的开满了大簇大簇的花朵,红的,白的,黄的,每一朵都芳香逼人。四下里一丝风也没有,可那些盛开的花朵却簌簌急摇,仿佛是在急切呼唤或宣讲着什么。

方丈在一瞬间大悟。

他连忙下山去寻找那个浪子回头的弟子,但最终没能找到。

而石桌上开放的那些神奇的花朵,也在短短的一天时间内就凋零了。

是夜,方丈圆寂。

临终时他对身边的弟子说:"你们要吸取我的教训。这世上,没有什么歧途是不可以回头的,也没有什么错误是不可以改正和被原谅的。一个真心向善的念头,便是世上最罕有的奇迹,就像石桌上开出的花朵一样。"

方丈的遗教令他的弟子们陷入深深的沉思。

在我们日常的生活中,这样的事情也常常发生。我们无论对待朋友,对待身边的人,还是对待自己的亲人,许多时候都会显得十分苛刻。特别是当他们有意或无意犯了错的时候,我们总是不肯原谅他们,不给他们任何改正和补救的机会。我们原本是可以赢得一份金子般浪子回头的亲情、友情或爱情的,但往往由于我们的不肯宽恕而失去。甚至把他们毫不留情地推向自己的反面,变成自己的敌人,这是可怕且可悲的。

当一个人做坏事的时候,他是一个坏人;而当一个人做好事的时候,他就是一个好人了。这是一个并不复杂,但却不容易弄明白的道理。就像大家都认定石头不会开花,但它开花了,我们就不应该再去怀疑,或者仅仅是惊奇,而是应该承认并且赞美它。

宽恕是一种慈悲,是一种爱。

而爱是可以改变一切,征服一切的,包括人心和世界。

鲜花供佛

○庆慧

　　秋天的时候,因为撰写一篇关于佛教建筑方面的文章,我在一座山中古寺里住了一段时间。古寺因为藏在深山中的缘故,"文革"中没有遭到太多人为的破坏,建筑文物得以较完整地保存下来。也因为山深路远,云遮雾罩,所以这里在过去的许多年里,没有一般寺院那样的热闹,香火也不及其他寺院那么好。一般寺院进去都售门票的,这里却坚持不售门票。香客游人及周围小村庄里的山民,都可以在白天随便进去散步游转。

　　古寺的方丈却很年轻,才三十多岁。他是大学毕业后出的家,不久就去南方的一个佛学研究所深造,又去斯里兰卡等上座部佛教国家参学数年,直到他师父圆寂后,当地有关部门及居士坚请,他才留下来接过师父的衣钵,升座当了方丈。我们的相识是在他出家之前,颇有交情。知道我要写东西,他就安排我住在寺院最后面的藏经楼旁,说那里既安静又可以方便地查阅佛经典籍。但几天后,我就要他给我换个地方,原因是那里太静了,静得有点令人害怕。方丈就又让我住到了大雄宝殿一边的一间厢房里。于是,我认识了磬云居士。

　　每天上午九点左右,便有一个年纪六十多岁、穿着与附近山民一样朴素但却干净整洁的女人到大雄宝殿里去。她不像其他香客那样

烧香叩头，而是将一束鲜花供献在佛像面前，然后合掌礼敬，然后退出，在寺院里走走看看，或小坐一会儿，然后便离去了。我在窗前每天见她如此来去，时间一久，便不禁好奇，就问方丈。方丈说，你说的是那个优婆夷（佛经里指在家修行的女众）吧，她叫磬云，是我的一个皈依弟子。她原是镇上学校的教师，去年退休后皈依了佛教。她家就在寺院边上的村子里。我对方丈说，这位居士很独特，与别的居士不一样啊。方丈笑起来，说，是不一样啊，但她这样是最符合佛法精神的。我问，何以见得？方丈说，你一定读过一些佛教经论吧，像《苏悉地羯罗经·供花品》《除盖障菩萨所问经》及《大智度论》里面，有关香花供养的文字都不少，而烧香叩头不过是咱们汉传佛教结合了道教和民间习俗的"中国特色"而已。在如今的东南亚上座部佛教寺院，还是鲜花供佛的。

我和方丈正说话的时候，恰巧那位磬云居士又手持一束鲜花，到大雄宝殿去供佛，方丈便在她出来时叫住了她，招手让她过来。磬云过来了，方丈却因有人找匆匆走了，于是我和这位鲜花供佛的优婆夷聊了起来。她原名叫李庆云，是当地镇中学的英语教师。早在皈依佛门之前，她就读了不少佛教方面的书，甚至还找了英文版的进行对比。皈依之后，与师父十分投缘，就从镇上搬回老家的房子里住。她说她房前的院子很大，就种了许多的花草树木。一年之中，几乎每个季节都有花开，她就采了鲜花来供佛，也送给师父。她说着笑起来，问我，你要不要鲜花？要的话，我也可以送些给你啊。我说我当然想要，但你要供佛的鲜花，我怎么敢领受？她又笑起来，像一个小女孩一样，连脸上的皱纹都在笑声中平展了起来。她说，你还迷信啊？佛经上不是说了么，人人都有佛性，人人都是自性真佛么？哦，别担心，我当然是先供佛，然后才送师父你们，既合情又合理，是吧？

此后，磬云果然每天都带一些鲜花，先送一束到大殿供佛，而剩下

的鲜花,有时给我,有时给方丈,有时给随便碰到的哪位师父。渐渐地,我发现不止是她,别的居士,甚至寺院里的僧人们,也都到山间或自家院落里采了鲜花供佛,焚香化纸的反而少了。山中古寺,在这个秋天,花香弥漫,给我留下了很深的印象。

离开那座古寺后,我常常会想到磬云和她的鲜花。后来,我阅读了一些佛经和资料,知道鲜花供佛是佛教一个十分久远的传统。据佛经记载,可以供佛的物品,计有五十二种,其中以香花供养最为普遍,也最为高贵。在南传佛教里,信徒们每天都采摘鲜花供佛。如在斯里兰卡,每日清晨,稀疏的晨星还在天边闪烁,信徒们便纷纷起床,手提花篮,去采鲜花供佛了。我国西双版纳的上座部佛教,也和斯里兰卡、泰国、缅甸、老挝、柬埔寨等南传佛教地区的情况基本一样,信徒们不烧香,而以香花供佛。

鲜花供佛,有着很多的好处。鲜花不仅仅馨香悦目,还可以让人通过对于花的观想,去体味诸多的道理。鲜花的美丽,让我们看到生活中许多美好事物的真实存在;鲜花的娇柔脆弱,朝开夕落,令人明了生命的短暂无常;而鲜花的馨香弥漫,令人想到做一个有道德的人,会像鲜花一样给人喜悦,在人们的敬爱中获得一份久远的价值。

能走多远走多远

○王新旻

有师徒两位僧人，从很远的地方去灵山朝圣。他们一路上一边乞食一边赶路，日夜兼程，不敢稍有停息。因为在出发前他们发了誓愿，要在佛诞日那天赶到圣地。作为僧人，最重要的就是守信、虔诚、不妄语，何况是对佛陀发的誓愿呢！

但在穿越一片沙漠时，年轻的弟子却病倒了。这时离佛诞日已经很近，而他们距灵山还有很远。为了完成誓愿，师父开始搀扶着弟子走，后来又背着弟子走。但这样以来，行进的速度就慢了许多，三天只能走完原来一天的路程。到了第五天，弟子已经气息奄奄，快不行了，他一边流泪一边央求师父："师父啊，弟子罪孽深重，无法完成向佛陀发下的誓愿了，并且还连累了您……请您独自走吧，不要再管弟子，日程要紧……"师父怜爱地看着弟子，又将他驮到背上，边艰难地向前行走边说："徒儿啊，朝圣是我们的誓愿，灵山是我们的目标。我们既然已经上路，已经在走，灵山就在心中，佛陀就在眼前了。佛决不会责怪虔诚的人，让我们能走多远走多远吧……"

这则故事是一位年逾古稀的老居士讲给我的。他说，他年轻时是经商的。在商海中搏命，赚了一些钱，挣下了一份不大不小的产业。这中间，有失败有成功，有笑声也有眼泪。但自己无论怎样努力，却总

是离家人的期待和自己的欲望差了很远。后来，一个偶然的机会读到这则师徒朝圣的故事，他大受感动之后，幡然醒悟。他说其实每个人都是朝圣者，都有自己的目标和誓愿。由于各种客观和主观的原因，并非每个人都能达到目标和实现誓愿。其实只要你一上了路，向目标靠近，你就已经到达了，因为每个人的灵山都不一样……

老居士的话让我深思。是的，无论是那矢志不移朝圣的僧人师徒，还是晚年才从迷梦中惊醒的老居士，都让我犹如面对一面镜子，在反观自己所走道路的同时，也看清自己的真实面目。我知道，我也是一个朝圣者，也有自己的目标和誓愿。但在朝向目标的路上，却如那位生病的年轻僧人，只知道路途，而不明白虔诚和誓愿本身就是灵山和佛陀！

朝圣者呵，只要你心中装着灵山和佛陀，不管你最后走了多远，你都已经抵达了目标完成了誓愿。

关键是你要整装上路，要向前走！能走多远走多远……

碧荷圆影

○聂耶

这一片湖,大得几乎望不到边——不是望不到边,是视线被一片碧沉沉的荷叶遮断了。大大小小的圆,重重叠叠,密密匝匝,映得日色也带了些许绿意和凉意。有水鸟掠过荷丛时,那翅影也沾上几缕润润的绿意,斜斜的,似添了重量。而在这碧绿之中,时而会跳出一枝含苞欲放或者已经盛开的红荷,仿佛是一束艳丽的火焰,于是绿更见其绿,红更见其红。

这湖以"荷"命名。其实湖中出产的远不止藕和莲,还有红菱角,还有芦苇,还有金丝鲤……但这沉甸甸的绿,给人留下太深的印象,特别是夏秋两个时节,所以当地人叫它为"荷湖"。

这一湖水养活了周围的十多个村子。村子皆环湖而立,村与村之间的距离或远或近,一律泥墙苇顶,低低矮矮,一座连一座,掩映着柳烟桃云,也算是一段景致。家家户户都备有小船、网、钩及鱼叉,可以随意于水波中获取鱼鲜;待到秋天,莲熟了,藕肥了,又忙着下湖去采莲与挖藕,满湖便盈满了笑语声。一代代的人,熟谙水性与鱼性,男子大多长得英俊,而女子则是出奇地水灵妩媚,这似乎都与荷湖的水土极有关系。

荷湖最经得看的时候是盛夏。

一眼望不见边涯的绿,融化了骄阳的灼热,南风为荷香所醉,清新可人。尤其是正午,四周一片静寂,静寂在此时此地也是一种美丽。所有的村子显得慵懒,连狗的叫声也不闻。村子里的人大多有歇晌的习惯,男子喜欢在苇棚外的树荫里放一张竹凉床,往上面躺出一个"人"字或"大"字,惬意地做一个清凉的梦。

菱菱从自家的门后摸出一支桨,下湖去。

她的父亲似乎睡着了,又似乎没有睡着,蒙蒙眬眬中问:"到哪儿去?"

"下湖去!"

"天天中午都去做什么?"

菱菱抿嘴一笑,径直走向湖边。

她不怕父亲,更不怕母亲,她是一个独生女,是他们把她"娇"到十八岁的。她去取桨的时候,睡在里间的母亲翻了一下身,叹了口气,极轻极轻的。

是的,菱菱天天都在这个时候下湖去,一晃就是半个月了。

父亲和母亲都觉得蹊跷,暗地里担忧着,却不敢细细盘问。

绿森森的荷丛深处,有许多美丽得使人心惊的故事,荷花精、荷叶怪以及水妖,都嬉戏在此间,哪一年不溺死几个人?细伢嫩仔皆不敢去闯荡玩耍,大人的嘴巴上贴着"符咒"。

少男少女们独不怕,常常打着桨,把船没入无人所知的境域,去驰骋自己的想象。

菱菱先前不敢去,现在却渴望去,因为她长大了。

她走到湖边,弯腰挽起裤管,一直挽到膝盖,白嫩的小腿肚子露了出来,又往水中照照自己,无处不透出娇媚,便嫣然一笑,痴痴的。随即解开缆绳,身子轻盈地一纵,落到船上,再走向船尾,坐下,桨一挑,船颤颤地掉过头,而后着力几桨,船便箭似的射入荷丛。日光霎时不

见,透过荷盖,只渗下一片淡淡的绿晕,周身立刻袭上一片凉爽。船在醇醇的绿里,缓缓地走,显得很沉重。是满船的绿使它变得沉重。荷梗、荷叶擦着船头和船帮,发出清亮而很有韵味的声响,如击撞无数翡翠佩玉。

菱菱的心里眼里都是绿。

她要把船划到哪里去,她不知道,但手似乎知道,桨似乎知道。

船又划到了这个地方。

不知道是什么缘故,绿荷丛中,竟让出一小片水面,无数阳光的碎金击在水波上,反射出一片耀眼的光,似乎还听见金属玲珑的声响。绕水一圈,或直立,或斜挑,或横曳,竟有数十枝极红极鲜的荷花,宛若一个精心制作的花环。

菱菱悄悄地把船停下,用手拨开荷叶,凝目往那水上看。

一只小船泊在那儿,船上悠闲地坐着一个后生,长得浓眉大眼,穿着白短裤子,酷似画中的人物。

"喂!"

菱菱喊了一声。

那船那后生瞬间不见。依旧是倾泻在水上的阳光,依旧是一圈鲜馨的荷花。

半个月前的一个中午,她在这儿见到了他。

不知道他是哪个村的,不知道他叫什么名字,不知道他的年庚生月,反正是什么也不知道,只知道真实存在的船与后生。

那情景令菱菱销魂。无边的绿,一圈的红,在绿与红所环绕的这一小片水上,有一只船和一个穿白裤子的后生。

她把船划了过去。一切都不由自主。

两条船并在一块了。后生朝她一笑,露出白白的牙齿,那眼睛清亮如水,里面映着重叠的荷影。

后生折下一枝红荷,在鼻子边嗅了嗅,羞羞地递给她。她接过来,久久地嗅,哧哧地笑,心底燃起一团火。

荷叶绿,荷花红。

他跳到她的船上,和她并排坐在一起。男子身上陌生的气息猛地飘过来,她好像灌下了一大杯烈酒,身子酥酥的,就把头倚靠在后生肩上。

水面忽地泼剌剌一串响,两个人惊悚地回首,只见两尾金丝鲤正跃在空中,划出极柔和的弧线,然后又如两团火焰跌入碧波中。

菱菱紧紧地搂住了他。

此后的一切,就如一对长久相恋的人,终于找到了一个好机会,便慷慨地把激情与爱抚彼此赠予,一直到筋疲力尽。

菱菱望着丢在船舱的衣衫,忽地觉得羞惭,便飞速地抓过来,遮在那本不应该在一个陌生男子面前袒露的地方,燥热了脸,勾下了头,低低地啜泣起来。

"明天还在这里见。"

后生说完,把她抱到她的船上,再回到自己的船上操起桨,把船一拨——沙沙一阵响,便消逝了。

四周依旧是一片静。

静得骇人。

他是谁?该不是荷叶怪或是水妖吧?怎么长得这样好看?怎么他的船就偏偏停在这里等着她?

或许,他也会认为她是荷花的化身。

她莫名其妙地笑了,然后,收拾齐整,快快地把船划回去。

她记住了这地方。绿叶红花,一片明镜般的水,跳跃着许多阳光的碎金⋯⋯

第二天,他没有来。

　　她把船划到这水面上,仔细地看有没有擦断的荷梗,有没有少了的荷花。

　　一切都如昨日。

　　他没有来。

　　菱菱却天天这时候来,今天是第十五次了。依旧不见他的踪影。

　　菱菱呜呜地哭了起来,哭累了,又骂,骂这没良心的东西,骂这不守约的精怪!传说中的精怪懂人情。她希望他就是一只精怪,当她的爱第一次被对方承受后,她希望他能永恒地承受下去,可是,他失约了。

　　她呆呆地坐着,渐渐地,夕阳烧得满天通红,把无数斛胭脂泼在无际的荷盖上,荷丛里显得暗淡清幽,凉气飕飕地沁入心里。

　　暮色终至苍茫,一轮圆月自深不可测的荷丛中跃起,每一个荷盖即刻镶上了银亮的边,荷花如鸡血石一般透明晶洁。

　　他不会来了。她的脸上闪出一朵狰狞的笑。

　　船发疯地蹿向湖边。

　　她决定去找他。

　　他有船,就必定是湖畔哪个村子中的人,一个一个村子地去找,还愁找不到吗?!

　　她终于找到了他。也是一个中午,在一片柳荫下搁着的竹凉床上。

　　他睡得正香,赤膊、短裤,嘴角难看地歪着,流着梦涎,手摊放在两边。那手指的骨节鼓凸,如一个个的石球,脚指甲里沾着泥巴,黑黑的。

　　她走上前去。

　　他醒了,抹了抹眼睛,蓦地坐起来,一见是菱菱,惊恐得脸都白了。

　　"你……你……找我?"

菱菱一愣。

她想起了那无际的碧绿和那一环鲜红，还有那一只船和那一个穿白褂子的后生。

那一切都不复存在了，只有一个眼前的他，很丑，很猥亵。

他绝对不是她所要找的他！她相信。

她的嘴角浮起一丝冷笑，一转身，走了。

她决定再到那个地方去，去等那个也许再也不会来的他。

大 隐 于 野

○尹全生

　　小温早厌倦了城市的喧嚣和滚滚红尘,想到一个远离世俗、远离人烟的地方隐居。有道是大隐隐于朝、中隐隐于市、小隐隐于野。他认为此言极荒谬:上下五千年,遁迹万千隐者,几人能与"小隐隐于野"的诸葛亮、孟浩然、陶渊明比肩?

　　夫"大隐"之所,野也!

　　女友向往的"大隐"更非凡:完全与世隔绝,像洪荒年代"野人"那样生活。

　　在一次随"驴友"徒步探险寻幽途中,他们发现了一处与尘世隔绝的隐居佳境。旅游结束后,两人便草草做了准备,来到他们神往的"大隐"之所。

　　这里是一道濯足于滔滔汉江、平缓向阳的山坡。举目云悠雾漫处,水寂山空,人烟绝迹。两人都说:"长恨春归无觅处,不知转入此中来。"此地真乃似人间又不似人间,非仙境莫非仙境的"大隐"绝境啊!

　　小温查过地图,这地方属襄阳地界,襄阳自古为隐逸幽境,成就过诸葛亮、孟浩然、皮日休等无数俊杰逸士的伟岸和不朽。

　　"安家落户"后面临的首要问题是吃住。

小温说"吃"没问题:带有够维持半个月的食品,锅碗瓢勺是备齐了的。"山野间有的是野菜野果,远古人能过,我们为什么就不能?"况且他们还带有玉米种子,拓荒种地,几个月后就能有收成了。"有空闲我就刳木为舟——汉江里有数不清的鱼虾!"

女友说"住"没问题,正值春去夏来时光,带有可遮风挡雨的简易帐篷,入秋后多备些干草,越冬就不是难题:"野人能过,我们为什么就不能?"

日落汉江、风牧松涛。他们临江而坐,兴致勃勃地说起将来:

小温承诺日后到草丛中捡些野鸡蛋来,孵化出鸡雏就给女友养着,逐步构建起鸡鸣犬吠、男耕女织、日出而作、日落而息的家园。

女友说,在这与世隔绝的地方,夫唱妻和、夫渔妻炊,"执子之手,与子偕老",定可演绎出世上最浪漫的爱情……

然而,白云深处人家的第一夜却苦不堪言:天黑时帐篷没关严,里面钻进了烦人的蚊子。起初他们拿手电筒起来打,但蚊子有恒河沙数,赶不尽杀不绝,女友叹道:"古人连手电筒都没有,真不知道他们是怎么过的!"

"据说有一种草,古人点燃它能够熏除蚊子。"

可是他们都不认识那种草。

晨刚从雾里醒来,夜还在雾里梦着,他们就开始了超凡脱俗后第一天的生活:用刀铲除杂草,掘地播种。尽管他们厌倦现代文明,可还必须利用诸如刀子一类现代文明的成果,"刀耕火种",逐渐把自己送回洪荒。

女友的主要工作是采集野菜、做饭。她没有丝毫辨认野菜的知识,有毒的无毒的,见不是野草就挖,结果午饭后两人就上吐下泻……

当天入夜星月皆无。他们刚要摸黑入睡,山风就骤然掀天揭地而来,暴雨挟着雷鸣电闪铺天盖地而至,帐篷转眼间被狂风扫荡进了汉

江！瑟瑟发抖的小温搂着瑟瑟发抖的女友："这可怎么办？"

"古人没有帐篷不是也过了？明天我们搭建个草棚！"

经受了一夜苦风凄雨，天亮后，两只"落汤鸡"就开始为搭草棚而伐木、割草。不久女友却发起了高烧！

离开城市时女友说：远古人没有药品不是也过了？因此就没带常用药。可眼下没药怎么办？女友说找些草药来治："这漫山遍野都是草，不可能没有治病的草药。"

然而她不认识能退烧的草药，小温也不认识。在这方面，人已退化得不如动物了：包括老鼠、野猪在内的动物生病或受伤，都是能找到草药自救的！

无奈小温要送女友到医院。他记得离这里十多公里的山区小镇上有所医院。女友却不同意："既然我们选择了返璞归真，就不能再走回头路。"她认为到医院求救是向世俗投降。

而小温已经打算投降了，因为他心里突然间亮起了一道闪：假设现代文明瞬间轰然坍塌，世界重回洪荒，对于蚊子、老鼠、野猪等所有动物都是无所谓的，无非是重新踏上漫长的进化里程罢了；而人却不同——现代文明，已摧残了人作为动物原始的生存能力和对自然最起码的适应能力！那么，面对严酷的环境，现代人只有灭亡一条路。

他说："人是唯一不能走回洪荒，再活着回来的动物。"

女友高烧愈甚，已迷迷糊糊不能对话了。小温不由分说，背起女友离开了他们的"大隐"之所……

女友住院期间，闻讯赶来的当地森林警察告诫小温：他们"大隐"的地方是一个森林保护区，严禁迁入居住，更不允许在其中砍伐树木、拓荒种地！

他们"大隐"的向往和实践，顿时被捶击得土崩瓦解——不仅是现代人本身不可能"大隐"，而且，这是一个无处可隐的时代。

一朵自由盛开的桃花

○黎小桃

这样一个黎小桃，就这个生活状态——散漫的生活，就这个精神状态——纸糊的精神。

觉得这样混一生很快乐，想做的事都做过了，不想做的事一件没沾。多数时间眉开眼笑，偶尔沮丧一回惊骇一回，但从不乱方寸。十分欣赏自己，肯定自己，对自己极度满意，觉得自己俯仰无愧，自由如风，站在昆明天空下哈哈大笑。

关于黎小桃，江湖上有许多传说。只要她十天半月没露面，坊间论坛便传出种种流言蜚语。有人猜测她又骑着毛驴去怒江了，有人猜测她在德云寺削发为尼了，也有人说她在写一部比《四库全书》还庞大的书，还有人言之凿凿称看到她在菠萝村种洋芋，最离谱的是有人说她傍了大款纸醉金迷去了……

什么江湖啊？"毁"人不倦。

其实黎小桃最近没出远门，热爱户外运动的她偶尔下楼散散步，或者徒步穿越她们小区去好又多超市逛逛，买一个番茄、两根莴笋、三斤牛肉。再远一点就是去邮局，取几大摞信用卡催款信和几小张稿费单。语文没学好，数学也一知半解，她的收入和支出总是不能平衡，思索半天未果，只好在客厅做俯卧撑玩儿，俯是俯下去了，撑却撑不起

来——唉,谁叫她是才女而不是侠女。

做侠女需要侠气和力气。有一次郑子语掏腰包举办征文,奖品中有一副黑色护腕,被小桃获得。除了保护和扮酷的功能,这种护腕极易使人滋生暴力欲望。小桃同志当即把它戴在手腕上,耍出一套少林武当昆仑九九八十一式连环王八拳,那叫一个飞沙走石,那叫一个心狠手辣!一只背时的蚊子撞她拳头上,"嗡"一声毙命。杀生啦杀生啦!小桃同志骇得魂飞魄散,赶紧为它念了八百遍往生咒,念得嘴角一堆白沫——谁见过这么慈祥的侠女?

侠女是乱离之世的产物,不做侠女,做一只太平犬挺好,无近忧,亦无远虑。相信地球是圆的,人类是良善的,生活是美好的,有些部分特别美好,最开心的是自己也是这份美好的组成。

风和日丽的日子,带个傻瓜数码相机去公园走走,明明摄影技术很臭,依然东找角度西取镜头拍得兴高采烈。去花鸟市场逛逛,看一看娇艳的花朵和漂亮的禽鸟,摸一摸小猫小狗的皮毛,如果店主允许抱一抱就更开心了。逛饿了去姐姐黎小鹏的火锅店大吃,把自己辣得左边第十八根头发都在冒烟,从中午吃到傍晚,盘子擦得比眉毛还高,黎小鹏还在夹一片火腿往小桃嘴里塞:"你又瘦了啊!"

瘦了、胖了,窈窕了、丰腴了,水浅了水深了,月满了月亏了,都是自然现象,都是必然。人生不过"生死荣辱"四字,你无法选择"生死",亦不能回避"荣辱"。"荣"的时候尽情笑,把腮帮子笑酸;"辱"的时候尽管哭,反正大家都有眼泪流干那一天。

看黎小桃的发型和身上的首饰,个人风格走的是自由隐士路线:隐于社会现实,隐于风雨雷电,隐于网络——她是玉帝派出的密使隐在人间,看千帆过尽,看万家灯火。

…………

许多年之后,耄耋之年的黎小桃拄着水晶玻璃木拐杖来到昆明图

书馆,在管理员的帮助下查找了三天三夜,终于颤抖着从角落翻出这本发黄发霉的《边疆文学》。

洗尽粉黛的黎老桃顿时老泪纵横,挥动拐杖在图书馆地上写了一首绝笔——

三月,我说你开吧

全世界桃花就开了

我踏花而来,我踏花而去

摘走嫣红两朵

一朵,插在鬓间

一朵,换作酒钱

老　庙

○叶柄

　　燕子河边老庙的正殿堂供着传说能救苦救难的观世音菩萨,这就使老庙所处的深山野岭有了一点生机。不论天晴下雨,还是刮风降霜,总会有人为了求个太平,直奔老庙进香。

　　老庙之所以经历了那场"十年浩劫"而未被毁掉,多半是因为它太远太小的缘故。

　　老庙里长住的只有三个和尚,最小的是一个孩子,十二岁。

　　这个孩子是大师父在下山时从路旁的草丛里拾来的,抱上山的时候,他在大师父的怀里死命地哭,小胳膊小腿踢腾得很有劲。

　　大师父看着看着就笑了。

　　孩子就在老庙里天天听着木鱼梆梆声和诵经呜呜哇哇的调子,慢慢地长大。

　　有一天,二师父对大师父说,娃儿打小就喝庙里的玉米糊糊长大,根子干净,有造化,是吃斋念佛成仙的命。

　　于是孩子跟着两位师父诵经,学得用心,渐渐地木鱼也能敲出板眼来了。

　　神龛上的观音菩萨日日伴着孩子,慈眉善目地笑望着大殿里的一切。孩子在菩萨脚下打坐诵经,偶尔一抬头就看见菩萨看着自己柔柔

地笑,孩子就觉得有说不出来的亲切和舒坦,就像温和的山风熨过心房。

孩子最远只去过一回石梯垭。那次,他站在石梯垭那块平平展展的大石头上,望着远远近近高高低低的山峰,什么也说不出来,就那样痴痴地望着,直到夕阳把红红的余晖涂遍了东边的山峦。

晚上,孩子对师父说,石梯垭很好看。

师父说,是很好看哩。

孩子瞅着明晃晃的蜡烛,又问师父,比石梯垭更远的地方也很好看吗?

是很好看哩。两位师父说着相互看了一眼。

以后,孩子就再也没有走出过老庙,但孩子老是惦记着比石梯垭更远的地方。他想,那地方是很好看哩。

每天,香客们跪在老庙拈香磕头的时候,孩子就站立一旁,想石梯垭和比石梯垭更远的地方。孩子总是无端地感到那地方很熟悉、很亲切。

孩子打坐累了就站起来看一会儿观音菩萨,菩萨仍旧静静地瞅着孩子笑。

有一天,老庙里来了一个进香的女人,大师父带她走进大殿的时候,忽然发现这个女人很面熟。

女人跪下,双手合十,默默祈祷,虔诚无比。

孩子敲着铜磬,声音浑厚绵长。

女人伏地,磕头。孩子就在铜磬袅袅的余音里,捻着佛珠,想着石梯垭和比石梯垭更远的地方。

女人是从比石梯垭更远的地方来的吧。孩子这样想着,就不知不觉感到自己和这女人亲近了许多。

孩子偷偷地看女人。看一眼,再看一眼,越看越觉得女人的眉眼

如神龛上的观世音菩萨一样。

孩子想说什么,嘴动了动,最终,没有说。

女人走了。

大师父走进大殿,不见了孩子。观世音菩萨依旧望着大殿微微地笑,炉里的香正悠悠地在莲花座下冒着一缕缕青烟。

大师父想到了那女人,蓦然醒悟:怪不得女人好像在哪里见过,活脱脱和孩子一个脸模子。

咳,可惜了孩子吃斋念佛成仙的命……大师父又想起孩子刚抱上山时又伸胳膊又蹬腿的情景,先是一阵叹息,然后转身面向神龛上的观世音菩萨,躬身俯首,上了一炷香后,悄悄地退出了老庙的大殿。

老庙大殿里供着的那尊观世音菩萨依然用永恒的表情,注视着大殿的一切,依然一脸微笑。

六十八个和尚与一个小偷

○韩光

深山古寺,翠柏掩映。

清晨,雷音寺院的地坪上,齐刷刷跪着全寺(准确地说除方丈和小沙弥外)的六十八个和尚,一个个神情肃穆。

方丈双目微闭,双手合十。

青脸和尚情绪激动地说:"师父,我寺院乃佛门圣地,历来以寺规严明著称。可自小沙弥到来的一个月内,三次失窃,都与他有关。今天夜里,他偷食贡品,我亲眼看见。"

蚕眉和尚紧接着说:"我千年古寺,香客景仰,万众朝拜,岂能容忍窃贼? 我受众僧之托,请求师父,将窃贼逐出寺院,还雷音一方净土!"

"阿弥陀佛。"算是方丈的回应。

"出家人,岂能与窃贼为伍?"

"一只老鼠坏一锅汤!"

青脸和尚怒火中烧,那阔脸由青变红,代表众僧向方丈做最后通牒说:"如果不将贼赶出去,我们集体出走。"

"弟子恳请师父决定!"蚕眉说。

"是留我们,还是留贼?"众僧齐问。

东厢房"吱"的一声,门缝里露出一双惶恐的眼睛。

…………

方丈轻启双唇:"你们走,贼留下。"

众僧抬头惊愕地睁大眼睛。

蚕眉和尚的眉毛几乎拧成麻花:"师父……你怎能……"

方丈语重心长地说:"你们是好人,到哪里都能有口饭吃。可小沙弥不能,他还没有那个能力。你们想想,谁愿意收留有许多毛病的他呢?阿弥陀佛。"

众僧齐声请求:"师父,那么……我们……"

方丈继续说:"一张纸,可以包容一粒沙子;一汪海,可以包容一座山。出家人以慈悲为怀,心怀天下。古人云,海纳百川,有容乃大。难道雷音寺就容不下一个犯了错误的小沙弥吗?阿弥陀佛……"

东厢房门突然打开,冲出来的小沙弥满眼泪水,扑通跪在方丈面前:"师父,我……我错啦,我改。"

方丈慌忙起身将小沙弥扶起:"人非圣贤,孰能无过?改过自新,方能立地成佛啊。"

众僧皆醒悟:"阿弥陀佛,善哉,善哉!"

自此,小沙弥青灯黄卷,苦心修行。

十年后,方丈圆寂,当年的小偷,成了雷音寺的新住持。

暮鼓声声,晨钟悠悠,似向人们叙说曾经发生在这里的六十八个和尚与一个小偷的故事……

出 名

○陈龙辉

华武寺本无名。

华武寺只是某县华武山上的一个小寺,山高千米,寺前层层梯田,弯弯石头小路穿越梯田直到寺门口。说是寺,实际上只是三间石头房。墙壁全部用条石层层叠垒而成,屋顶用乡间常见黑瓦盖着。屋内供三尊佛,一是如来,一是观世音,一是地藏王。佛像因年久烟熏早已不见金彩,或者说原来根本就没有上金彩,而只是泥胎。佛像前一张方桌子,就如乡下人吃饭用的八仙桌,桌上放香炉一个,油灯一盏,桌前两片跪毡,此外别无他物,简单至极。早先华武寺几乎无外地香火客,来的大都是近处村庄的虔诚老头老太,且多在初一、十五或者菩萨生日之类的日子来;还有就是在梯田里劳作的村民们,累了,渴了,来寺里喝口水、歇歇脚,偶尔和寺里的老岳头聊聊天。

老岳头何时来到这寺里的,村人都说不清了。只大概记得寺里的最后一位和尚快死时,来了一对夫妻。男的就是老岳头,那时候他还是个中年人;女的是老岳头的老婆。按寺庙规矩和尚是不允许结婚的,更不要说是夫妻俩长住在寺里了。然而村里人议论了几天就接受了这个事实。老岳头夫妻来华武寺带来的最大的好处是华武寺干净多了,夏天还用鱼腥草烧水供歇脚的村民们解渴消暑,原本断了多年

的钟声又响起来了。大家都说有老岳头在这寺里，也算是好事哩。不过，随着时间的推移，大家对老岳头的存在渐渐习以为常，慢慢地不再关注了。

奇怪的是这无名的华武寺却出名了！

华武寺因一条狗和一位年轻人出名了。那条狗其实大家都知道，几年前就听说过老岳头救了一条满身是伤的狗，老岳头采了些草药给狗治伤。因为不知道是谁家的狗，而且狗的伤好后一直不肯走，于是老岳头留下了它。说因为狗让华武寺出名，肯定没人相信。然而那年轻人出现后，有人对这种说法半信半疑了。村民老李看到老岳头做早课时，年轻人拿出电脑，放了一首曲子，虽然老李听不懂电脑里唱什么，但大概听得出唱的是佛歌。电脑放歌时，年轻人跪在毡子上，双手合十，嘴里跟着念唱。离奇的是，那条狗也半跪半坐在桌子前，两只前爪并在一起，头抬起，看着佛像，一动不动。歌放了半个小时，年轻人和那条狗跪了半个小时，那条狗的眼眶中似乎还有泪水在转。

老岳头一直在旁边听着，静静地，满脸肃穆。歌放完，老岳头看了看年轻人，又看了看那条狗，叹了口气，自顾自走出寺门，看着门外的梯田。老李看到那条狗看了一会儿佛像，也走出寺门，趴在老岳头脚旁。在狗走出寺门的那一刹那，老李分明看到狗确实流下了眼泪。年轻人跪了一会儿，从一个大包里拿出七件瓷器、一根铁棍、两个支架，还有两根小棒。瓷器像寺里的钟。年轻人将棍两头拉长后，把瓷钟从大到小挂在棍上。接着年轻人拿起小棒敲起瓷钟。老李说长这么大，从来没有听过那么脆的音，很好听。年轻人边敲边唱，年轻人唱的那音，刚开始让老李听了想哭，听着听着，老李似乎静下心来，慢慢地忘了时间，忘了自己在哪里，全身舒坦，仿佛六月里喝了冰水一样。老李事后说这些话时一副陶醉的样子，让村民们半信半疑。

陆续地，老王说他看到过狗听佛歌流泪，也听到那年轻人敲的曲。

陈小二、赵柱子、钱大富、王婆子等都说看到了听到了。王婆子还打听到了那电脑里放的是首《大悲咒》，王婆子还听老岳头说那年轻人是佛教大学毕业的研究生，云游到这华武寺，觉得这里是一片净土，准备在此修行一段时间。

远近村庄的人听说此事后，都来看热闹。那年轻人倒也蛮好相处，每当有人要求听听佛歌时，都播放那首《大悲咒》，有时也敲他的瓷钟。让人惊异的是，那条狗似乎听得懂佛歌，每次播《大悲咒》，狗都跪在佛像前，抬头看佛像，一动不动，任泪水从眼眶里溢出。

人来得越来越多了，有的人还是从远处赶来的，据说是因为他们听说华武寺佛很灵光，连狗都感化了；还据说某人在华武寺许愿求子，结果那久久不孕的媳妇怀上了；还有某人许愿儿子高考中榜也应验了。于是华武寺出名了。

华武寺出名前，老岳头懂得看面相手相，偶尔也给村民们说说手相面相之事。说来奇怪，老岳头给村民说的手相之事极准，他从手相面相中看出的村民们的疾病与生活大事几乎都得到了验证。华武寺出名后，求老岳头的人更多了，大家都传说老岳头就是这寺里的活佛，和寺里的佛一样保佑一方平安。

寺里的香火越来越旺了，有人来看狗流泪，有人来听《大悲咒》，有人来看手相，有人来听年轻人敲瓷钟。

有人说愿意出资扩建华武寺，发善心，结善缘。

有人看过华武寺周围环境后说准备将此地建成旅游区。

有人说听说当地政府准备宣传佛教文化，要将此地作为佛教重要基地。

有人说准备成立中国传统神秘文化研究中心，老岳头将是中心的副理事长。

有人说，他看到老岳头和年轻人有过一次对话——

老岳头说:香火旺了!

年轻人说:净土不净。

老岳头说:修行修心。

年轻人说:瓷钟声不纯了!

老岳头说:众人自愿!

年轻人说:众皆自障,我亦作孽。

老岳头说:你能成宗师。你看那条狗,你能让狗流泪。

年轻人说:众生平等,我只会下地狱,不过那些没钱上学的孩子会记得你。

老岳头说:舍不得你。

年轻人说:一切皆有法,如梦幻泡影,如露亦如电,当作如是观。

父亲的斑马线

○刘会然

刚来城里几天,父亲就像失去阳光的麦苗,病恹恹的。

我劝父亲多去公园里走走。公园就在我们房子对面,横穿一条大道就到了。公园很大,风景秀丽,活动的人也多。

父亲说,房前的大道上车太多,很麻烦。

我告诉父亲,过大道时走斑马线,所有的车辆都会停下来让你,很方便的。

父亲说,真的吗? 斑马线这么神奇?

我说,千真万确。

父亲好奇地问,什么是斑马线? 是留给斑马走的线吗?

我笑了起来,城里哪里有斑马? 是大道上用白漆漆成的像斑马身上条纹的线。斑马线是方便路人横过大道用的。我再一次告诉父亲,在斑马线上行走,所有的车辆都会停下来让你。

父亲问,是所有的车辆吗?

我说,是的,是所有的车辆!

父亲还是不肯相信。我亲自带他过了一次斑马线之后,父亲"啧啧"称奇,说城里人真文明。乡下的车都是在路上横冲直撞,怪吓人的。

父亲再问，行人走在斑马线上，要是车辆不停下来让行人，将会怎样？

我说，交警会严厉地处罚他，罚款，扣分，严重的还要吊销驾照。

父亲说，好，城里的制度就是好。

闲着的时候，父亲就一个人去对面的公园里散步。头几次过斑马线时，父亲还是畏首畏尾。几次过后，父亲总算放心了。渐渐地，每次过斑马线，父亲总是昂首挺胸，巡视着来往的车辆，活像是一个检阅军队的大将军。

父亲说他喜欢这种感觉，走在斑马线上的时候，所有的车辆都齐刷刷地停在脚下，父亲说这就像检阅自己饲养的那群整齐划一的鸡鸭一样。

公园里散步的，遛鸟的，遛狗的，多是成群结队。他们都是一些退休了的城里人，满是城里人的气派。

父亲不懂遛鸟，不懂遛狗。父亲想，城里人真怪，让鸟在天空、树上鸣叫不是比在笼子里叫更动听吗？还有，让狗猫它们自己走就是了，为什么要用一根粗粗的绳索拴在脖子上？狗和猫不是都有灵性，知道回家的路吗？

那次，父亲对一遛鸟的大爷说，你爱鸟吗？

大爷说，你不是废话嘛！我每天喂它最高级的饲料，还放交响乐给它听。

父亲说，既然你爱鸟，你干吗要把鸟儿关在笼子里，像坐牢一样？

大爷剜了父亲一眼，你乡下来的吧……

那次，父亲对一个遛狗的大妈说，你爱狗吗？

大妈说，你看不出来吗？我每天都要给它做美容按摩，晚上我们还同睡一张床。

父亲说，既然你爱狗，你干吗不放开绳索，让狗自由玩耍？

大妈啐了父亲一句,你乡下来的吧……

以后,公园里的城里人一看到父亲走近,都纷纷躲闪。乡下来的父亲孤零零的。

那天,父亲精神一振,像发现了沙漠中的绿洲。他发现一乡下人正吃力地铲一大堆游人遗弃的垃圾。父亲感觉应该去帮一下乡下来的兄弟。二话没说,父亲走过去,拿起铲子就干上了。乡下人很紧张,说,你乡下来的吧?

父亲说,是啊,你不也是吗?

乡下人说,大哥,我求求你了,你千万不要帮我。你一帮我,明天我手里的铲子可能就没有了。说着,乡下人忙从兜里掏出一包烟递给父亲,大哥,帮帮忙,我是从乡下来的,现在好不容易找到这份工作,我老伴儿还卧病在家呢。

父亲很纳闷儿:我真心帮他,想和他聊上几句话,他却认为我抢他饭碗。唉——父亲叹了一声。

父亲觉得去公园没有意思了。父亲说,公园里虽然景色优美,聊天儿的人也多,可只有树木愿意和他说话了。

不过,父亲还是喜欢去公园。他说,他觉得过斑马线的感觉真好。父亲空闲的时候,总喜欢在斑马线上晃来晃去。在斑马线上,父亲仿佛找回了所有的信心与尊严。

那天,父亲在检阅他的"军队"的时候,一辆车疾驰而过,父亲还没有明白怎么回事,车轮已经碾过他的头颅……

父亲到了另一个世界,他也许永远也不会明白,自己竟然会倒在一辆警车的轮子底下,而那辆警车正是为了追赶一辆乱闯斑马线的肇事车。

巴西木的指环

○田双伶

　　我和王葳在同一个格子间，隔着彼此的，是两堵薄的木板壁、一盆垂蔓绿萝和同事林小雨的长发侧影——她的耳环天天换，有时会一天换三次，泪珠形的、环形的、垂线形的……王葳总是侧过脸欣赏她的左耳环，我欣赏她的右耳环，尔后是眼神的碰撞，微笑，迅即移开。

　　我们三个人都在设计部，她们两个是文案。王葳沉稳能干，安静寡言，和我来自同一座城市；她和乖巧可人的林小雨是同一所大学同一专业的学姐学妹。公司老总对人极其严苛，虽说是人才济济，却是走马灯一样地换。我每次给绿萝浇水时，就会陡升一丝莫名的怆然。公司的花草定期有人整理，那些叶黄枝枯的都被搬走，换来一盆又一盆绿意盎然的植物，这情景更让人没有安全感。站在二十八层楼上，俯视下面蚂蚁样蠕动的人群，我的头就会眩晕。《都市晨报》上已不止一次报道有人从高空跳落的新闻了。

　　这样的环境让每一位坐在格子间里的人都谨小慎微，只有在茶水间里，我们喝着公司免费提供的咖啡或茶，才攀谈一会儿，以短暂的慵懒来抵抗写字间的沉闷。茶水间也因此成了八卦绯闻飞短流长的滋生地。

　　我从不屑于听那些离自己很远的是非，可那天，看见林小雨可

怜兮兮地低头饮泣,几位同事低声附耳的交谈让我不得不细听:林小雨曾在学校论文作假,家境贫寒的她毕业后为了留校勾引学校的教授……几位同事表情丰富,端着杯子回来,眼神都斜斜地瞟向王葳。

林小雨红肿着眼从老总的办公室走出,经过王葳身旁的那一瞬间,目光里闪出一丝凛冽。

下了班,我拉住王葳低声质问:我不明白,你说的?

王葳茫然地摇摇头,说,我也不明白。

没过几天,公司的论坛网页上,出现一条匿名留言,是一位女人的悲愤口吻:王葳如何借业务之便出卖公司的谈判方案牟利,如何勾引客户,破坏别人的家庭,如何让她的生活无法安宁……阳光从窗台移到绿萝的叶子上时,那条留言已被公司所有人的眼睛扫描了一遍。一道道惊诧和鄙夷的目光,如烈日透过树叶,斑驳地落在王葳身上。

林小雨委屈地一遍遍和人解释,急得都要哭了:我可说不清楚了。你们一定怀疑是我报复她了。我怎么知道她的事呢?

按照公司惯例,王葳应被辞退。可老总经不住我们一再请求,才留下她。

王葳被"流放"到最磨人耐性的客服部,坐在角落的一处格子里。我帮她搬办公用品的时候,说,王姐,我们还是离开吧。

王葳定定地望着我说,到哪里都是一样的。

她用抹布擦拭落满灰尘的桌子。桌旁,一株粗壮的巴西木,舒展着宽大浓绿的叶片,亲切地挨着她的右臂,长长的叶子颤动着。她摘下了手里的戒指,把它套在巴西木新发的侧枝上,对我说,过生日的时候,男朋友送的,他说银指环能给人带来能量,我一看到它,心里就安静了。

在茶水间,我和王葳端着茶默默无言。林小雨进来,看看我们也没说话,冲了杯咖啡,甩了甩长发,就出去了。就在她转头的那一瞬

间,耳上镶钻的耳环晃过一道刺眼的白光,我看到了她眼角含而不露的笑意,忽然察觉出一丝反常。

临下班,我约了公司的一位男同事,在一家茶餐厅里,我们打开网页,查那匿名留言的来处。他是 IT 高手,网络技术的高超使整个过程异常简单,找出匿名的 IP 地址,向网站管理员举报,锁定地址。第二天,当他把 IP 地址的端口住址拿给我看时,我们都惊呆了!

我告诉了王葳,说,无非是公司提拔或裁员,你是她唯一的对手嘛。

王葳没有接我的话,却给我讲她昨晚做的梦,梦见家乡的玉兰树上,开满了白色的花;说她年纪轻轻就生了满头的白发,说她在梦里不停地奔跑,突然跌醒了,醒来时房间里一地雪白的月光……她说,每个人生存得都很不易,都有各自的苦处。有句话说得好,因为懂得,所以慈悲。知道么?

匿名留言的事,王葳只字不提,每天只是安静地做她的事。

格子间的明争暗斗永无休止,客户的争夺、文案创意的否决,让彼此心存戒备。公司总部突来的裁员文件,让每个人如惊弓之鸟。茶水间里,女同事谈论更多的是最近热播的宫廷剧。狭小的格子间里,谁说不如宫廷中的步步惊心呢? 如今,我觉得在一旁欣赏林小雨,看她和人谈笑,做优雅状、娇羞状、委屈状,特别是对着王葳学姐长学姐短的,很无辜很天真的样子,真是件有趣的事。我看到了现代版的掩耳盗铃。

即便林小雨每天变换着不同的耳环,显得娇媚无比,即便她上下班有不同的车来接送,她还是因部门考核业务太差被辞退了。王葳却因一番真诚的话语感动了非要退单的大客户,又为他们写出一份颇具文采的设计文案,折服了与公司合作的几家媒体单位。她从客服部直接提拔到媒体信息部做了主管。公司给了她一个独立的办公室,除了

桌上的文件,她执意将那盆巴西木也搬了进去。

那天,我敲门进去,想和她谈我准备辞职的事。

她正柔声地握着电话和人谈策划案。挂了电话,她说,你来看。说完她弯腰拨开巴西木的叶子,我看到簇生的叶子底端,一只泰国银的指环深深地勒进树皮,而树皮肿胀一般地把它几乎埋了进去。我能想象到,一天天,新生的枝干渐渐粗壮,那只指环被深深地箍进了树皮里。

银指环?我惊讶了,想起公司流传的生存法则——"忍,忍,忍",不禁莞尔,你是让我修炼忍耐力吗?

她摇摇头说,无论身处什么环境,自己的成长是最重要的。我让你看的不是这个。

循着她的手指,我看到,巴西木绿叶间开出一串白色的小花!在这里,戴着指环的巴西木竟然开出花来了。

暖　香

○田双伶

　　她裹紧了厚厚的羊绒披肩，走在清寒的月光下。

　　初冬的夜晚，屋里渐生寒意。每次拖着疲惫的身子回到家，都感到凄清无比，侵骨的冷传到十指尖，生疼。她忽然想起那只霉绿斑斓的铜香炉。

　　炉凉，茉莉盘香放进去就熄了。她愣愣地定了会儿神，裹了厚披肩出门，去寻一些干树枝烧炭，来温那只冰冷的香炉。

　　她是一个老派的女子，喜欢玉、丝绸，喜欢做菜、煮茶、看电影，喜欢读《红楼梦》，还喜欢《浮生六记》里的芸娘。即使整日忙着许多事情，一个人的日子，总归是莫名的冷清。那只香炉，是朋友送的，说炉里若熏上香，能温暖她那颗古而幽的心灵。朋友总是对着她家里满架的瓷瓶儿古罐，戏谑地说：生错朝代了呢。怕是遇不到像你这样心有古意的人了。

　　那又怎么了？她想，这样的日子，静而雅，挺好。

　　月光下仔细地寻，也没看到干树枝的影子。走到拐角的一个院子前，看到一个人站在栅栏旁，用一根细木棍儿拨拉面前铁桶里的炭火，若有所思。看到炭火，她心里一喜，走了过去。

　　那人仿佛被惊了神，抬头看她。她充满歉意地说，我想找些炭

火,用来温香炉。您烧这炭火是……

他"哦"了一声,前几天刮大风,吹落这么多的干树枝,把它拾了烧毁,省得日后引火。说着他用木棍拨了拨桶内的炭,让炭火的红露出来,他的脸也被炭火熏出微黄的暖意,然后说,你若熏香炉,要用香木,这是寻常枝木,用这个炭温炉,会熏得满屋黑烟,古人用的熏香都是沉香檀香一类的片香,选上好的香灰存在熏炉里,用的时候把香屑、香片埋在香灰里面,用银叶点熏……看来这是一位熟谙香道的人。她静静听着,听得入迷。

他身上穿着家居服,说话语气温和,透着居家男子的闲散随意。他说,香炉不仅要有炭来温,还要有香来养。茶城里有家店专门卖香片,有时间你可以去看看。

她心里喜着,顺着他的话说了几句略懂一点的香道。正聊着,男人突然说,你的声音很耳熟啊。

她一时无声。是的,这个城市里有许多人熟悉她的声音。她在电台主持夜间谈话节目《月亮河》,和听众聊一些心灵话题,参与节目互动的人向她诉说心中的忧愁与哀伤。她不知道,这个城市究竟有多少忧愁无眠的人,那么多孤独的、忧愁的、受伤的心,需要依靠着别人的温暖。她用声音温暖着那一颗颗心灵,却不过是别人的炉火,自己仍是凉的。

上弦中月,月光清亮,他们相隔两三步的距离,能看清彼此的脸,她甚至能看清那一双浓眉间隐隐透出来的忧郁。在这样的月光下,和一位陌生男子碎碎地说着话,她蓦然觉得恍惚苍凉起来。而此刻,这桶里的炭火,不是正在温温地暖着他们么?

她说,和你聊,真是长见识了。

末了,他们含笑道别。

空着手回到屋里,她忽然有些诧异,最近一个月来都没有刮大

风,他哪儿拾来的树枝?

那天下了节目,已是子夜时分。走到电台门口,保安交给她一个纸包,说是一位听众送的。她打开看,是一包沉香片。

她把香片燃着放进香炉里,袅袅的香气里,月光下那位男子温善的脸庞与一丝丝的暖意无声浮起。

第二天她起了早,走到拐角的时候刚好看到那男子出门,神情却是拒人千里的漠然,丝毫没有了月光下的温和谦恭。他打开车门坐进去,发动了车。她停住脚,避让着,那辆车从她身边行过,她能感觉到引擎轻微的颤动和车轮碾地的沙沙声,望着它渐行渐远。

她独自去了茶城,寻到他说的那家佛事香店。一进门就看到墙上一幅宣纸发黄的卷轴,上书:怜君亦是无端物,贪作馨香忘却身。她沉思着,不解其意。

店主人正在喝茶,听说是来买香木的,起身说,您先闻香看看。说完在木案上起上一炉香,从旁边的锦盒里取出一些物件来,香匙、香夹、香渣碟……又从盒中取出一段香木,用刀小心地在木块上割取了几片,放进一具闻香炉内。顷刻,品香炉里只有香气散出而看不见一丝烟雾。闻过香后,她挑了几片沉香片。店主人边包香木边说,懂得品香的人不多了,来买的呀就那么几个人。忽然她想问问那个人,却还是无声离开。

她把沉香片放进炉里,点燃了。淡淡的香气从香炉里漫出来。眼前浮现出一位男子在月光下,微蹙双眉,对着一桶炭火若有所思的样子。她想起了一部电影里的台词:"以前的人,心中如果有什么秘密,他们会跑到山上,找一棵树,在树上挖一个洞,然后把秘密全说进去,再用泥巴把洞封上,那秘密就会永远留在那棵树里,没有人会知道。"

也许每个人心里都有着难以言说的秘密,也许月光下的那桶炭

火、面前燃着香片的香炉,也会像树洞一样藏起人心底的秘密?

　　她用手拢着香炉,感受那些微的暖意,任那幽幽的香气氤氲着。

传世忠告

○郭震海

四十九岁的张多智走下火车,感觉有些恍惚。

已经三十年没有回家的他,完全没有想到故乡彻底变了模样,曾经空旷的原野,如今高楼林立,一派繁华。巨大的广告牌上,一位女明星正摆弄着一头秀发冲着他微笑,一双迷人的大眼睛仿佛蓄着一汪泉水。年少时,和伙伴们光着腚玩水的那条小河不见了,成了一个巨大的集贸市场,眼前的一切让走南闯北的张多智顿时迷失了方向。

"嗨!需要打车吗?"一辆的士在他的身边缓缓停下,司机露出半个脑袋问。一口地道的乡音迅速将张多智带回三十年前,他突然来了兴致,很想吟一首诗。

"少小离家老大回……"

他只念出一句,就再也想不起下一句了,就像一个原本可以很尽兴的喷嚏没打出来一样,感觉很不舒畅。张多智张着嘴,瞪着眼,愣在那里,出租车司机见这个提着行李的中年人怪怪的,摇了摇头开车走了。

张多智从小就没了母亲,是跟着爹长大的。三十年前,也就是他十九岁那年,爹一锅烟没有抽完,一口痰堵住喉咙没有缓过气来,撒手归西。他成了孤儿。人小志气大的他总想着去干一番事业,然而面对

错综复杂的社会,又显得犹豫不决,于是他在一个冬日的黄昏去拜访一位很有威望的老者,恳求指点。老者看他一脸真诚,送了他三个字:"不要怕"。

记得那天他走出那个青石铺设的似乎有点神秘的小胡同后,一股刺骨的寒风吹乱了他的头发。"不要怕",这是什么指点啊?三个字也太简单了吧,还高人呢,简直是枉落了一个好名声。张多智有几分失落。

失落归失落,不过没牵没挂的张多智最后还是一咬牙将父辈留下的房屋全部卖光,带着变卖家业的钱和老者的"三字忠告",踏上了漫漫征程。

凭着一腔热血,从北方到南方,一路走过,他完全没有想到每做一件事情都那么艰难。几次失败后,钱全部花光了,他含泪试图撒手不干。那是一个多雨的季节,他躺在广州租来的潮湿得发霉的地下室,想到了回家。然而家在哪里?房屋已经被他卖掉,当时变卖家业的目的就是为了不给自己留下任何的退路。走投无路中他突然想到了老人的"不要怕",有一种说不出的力量驱动着他重新站起来。第二天他到一家生产地板砖的企业当了一名小工,从最基础开始,脚踏实地地去做事,每当他快要撑不住的时候,他就在心里告诫自己:"不要怕。"

历经十年的磨炼,他很幸运地掌握了一整套有特色的经营理念。当时国内改革开放,形势一片大好,他拥有了属于自己的公司,经销地板砖。雄厚的资金,良好的经营,他开始红得发紫。在当时的南方只要一提到张多智,没有人不知道的。每天在空中飞来飞去的他,打算将业务做到海外,然而就在最鼎盛的时期,因一时的疏忽,一份合同仅一字之差,他吃了大官司,公司最终不得不宣告倒闭。

从十九岁坐着火车出门远行,到重新坐着火车归来,三十年,对于

一个人来说意味着最好的时段,但对于张多智来说就像做了一场梦,醒了,什么也没有了。他背着一个大包,盲目地走在大街上。他再次想到了老者,他也是专门为寻老者而来的。因为三十年前老者告诉他,在他人生走到最低谷的时候,还可以来找他,如今张多智确实走到了人生的最无奈处。

很幸运的是那个曾经的青石胡同还保留着,城市的飞速发展让三十年前的一切都变了模样,唯有这条胡同作为古建筑被保留了下来,因为它始建于唐代。

当他再次来到老者居住的四合院时,这里已经成了一处著名的旅游景点,他上前试探着说出老人的名字,没想到开发投资人正是老者的后代。老者的后代说老人在十年前已离开了人世。老人在临终前说,假如若干年后,有一个叫张多智的人要来找他,就把这张字条交给他。

张多智接过字条,迫不及待地展开,上面写着三个大字——"不后悔"。手握老人写下的"不后悔",就像当初听老者说"不要怕"一样,感觉太简单了。但他没有停留,再次返回广州,重新开始了自己的创业路。

张多智迅速东山再起,他把一生的经历与老者的六个字很认真地讲给儿子听。

张多智再三嘱咐儿子说:"你千万要记住'不要怕'和'不后悔'。"

禅　定

○吕啸天

　　唐延和元年七月,六祖慧能大师在韶州宝林寺召集众弟子说:"近来我有一种预感,八月份我就要离开人世了。我今年七十有六,二十岁得到佛祖五祖弘忍大师衣钵,三十九岁削发为僧。在本寺宣讲教义三十七年,承传本门佛法的弟子有四十三人。你等在修行佛法中若有疑问,早些提出,我给你们解答。"

　　法海、智常、法如等弟子惊闻大师将不久于人世,都跪在大师面前痛哭起来。众弟子中只有神会没哭,也没有笑,一脸的平静,神情就像初秋有太阳的早晨那样安详平和。

　　神会出身于宦官之家,十岁的时候他来到襄阳随行寺出家,住持见他年幼,就问:"是否家庭遭了变故?"

　　神会说:"家父高氏在襄阳为官,安然无恙。"

　　住持道:"既然如此,小师父为何要出家?"

　　神会说:"佛缘如此,大师何必感到惊奇?"

　　住持见神会语出惊人,慧根深厚,就为他剃度。住持教神会练习戒定慧三法。"戒"就是任何坏事也不做,坚持做善事为"慧",清静自己的本心就叫"定"。三者之中,戒与慧乃佛门中人的本色,定乃禅定,为修为者的境界。

神会问住持:"如何修行才能进入禅定的境界?"

住持说:"莫受俗世扰心,面壁打坐参禅。当年佛祖达摩大师面壁十年而悟透禅机。你只要坚持打坐静修,当有所修为。"

神会每日在随行寺的菩提树下打坐,太阳晒在他的身上,酷热难耐,他忍耐着;冷雨打下来,浑身发冷,他强忍着;树叶落下来,掉在他的脑门上,他亦忍着。

这样修习了三年,神会却觉得自己的内心依然很浮躁。他对外界的漠视只是一种假象,他很想达到禅定的境界,但这种境界却离他很遥远。

神会很痛苦,去问住持。

住持说:"须有耐性,除了打坐潜修,没有他法。"

神会仍坐在菩提树下打坐修行。

吉州府衙差役来报,神会父亲因病去世,家人催他速速下山料理后事。

神会对差役说:出家之人,已无生死之念。家父后事由他人料理就是。

住持感叹神会禅定之心很虔诚。

过了月余,差役走后不久又返回,同差役一起来的还有神会的母亲。她见神会紧闭双眼坐在菩提树下打坐,就问:"你这是为何?"

神会没有睁开眼,答道:"我这是修行禅定!"

神会的母亲说:"若你那也叫禅定,那一切草木泥石亦可称为禅定。"

神会问:"居士何出此言?"

神会的母亲说:"你说在修习禅定,那你禅定之时可否有其他的念头?若有其他念头,那又如何禅定?若无念头,似你这般的禅定同立着的草木石块又有何异?"

神会无言以对,住持亦无言以对。

神会惊奇地问母亲说:"居士素来不言佛法,怎会有这样的感慨?"

神会的母亲说:"衙内有位女居士,乃是六祖慧能大师的俗家弟子。她每日诵经。我想我儿如此全心向佛,好奇,就让她为我讲解佛法。数年过去,对佛法有所悟。"

神会说:"既然如此,我要到宝林寺拜见六祖。"

神会的母亲说:"你如此全心向佛,我希望你有所成就。此次远道而来,正是劝你前往韶州。"

住持有些不舍得神会离去。神会说:"佛法如此,大师又何必挂怀?"

十三岁的神会用了月余的时光来到了韶州。

慧能大师为神会重新剃度,收为入室弟子。

神会说:"弟子习禅定已有三载,忍耐寒暑风霜的自然之苦,但毫无所获。"

"何为禅定?"大师说,"外离相为禅,内不乱为定!修习禅定,以静坐不动为法,十年二十年也达不到境界。人人都能成佛,人的本性本来就是清静的,本性纯洁,未受尘世所扰之际,即可入禅定之境。因为内心塞满了虚妄的念头,执迷于外物,内心自然会迷乱,真实本性无法显现,禅定之境自然就难于接近。神会,你修习禅定数载,不能认识到自身本性之纯,为禅定之境的外相所束缚,故无所修为。"

神会顿悟,长跪在慧能大师面前道:"弟子谨记大师教诲。"

神会退出大殿外,独自修习禅定,一晃十四年,未同大师再见上一面。大师没有召他,他亦没有求见大师。他独自修习禅定。

六祖问神会:"惊闻我不久于人世,众弟子哭泣,独你不惊不泣,为何?"

神会说："大师今年七十有六,十八岁皈依佛门,二十岁悟透佛法,得到佛祖五祖弘忍大师衣钵,三十九岁削发为僧。在本寺宣传佛法三十七年,承传本门佛法的弟子有四十三人,有修为的俗家弟子不计其数。大师离开尘世只是表外相。大师不会离开尘世,此又何须悲苦?"

慧能说："神会,只有你达到了无善无不善的境界。不为诋毁荣誉所扰,哀乐视作常事,你十年的禅定大有修为。"

言毕,大师授《金刚经》一卷令神会离开韶州。

神会回到东都洛阳,弘扬佛法,成为一代名僧。

禅　语

○吕啸天

唐高宗仪凤二年,六祖慧能大师在韶州国恩寺设道场布禅。韶州刺史韦琚及其属下与大师的弟子、香客千余人在听大师讲解佛法。

刺客张行昌一身香客打扮混在听禅的人群中。他身材魁梧,披一件长袍,袍内挂着一把宝剑,锋利无比。他计划天黑后再潜入禅房行刺慧能。

道场肃静的氛围掩盖了潜在的危机,韦琚恭敬地向慧能行了个礼,问:"大师,我等凡夫如何才能成佛?"

慧能还了一礼,对韦琚说:"韦施主,先从老衲与佛结缘说起吧。"

慧能幼时家贫,父早亡,为抚养年迈的母亲,他砍柴到市场去卖,在菜市听到一位居士诵佛经,心有所悟,问居士:"所诵经文,从何而来?"

居士说:"蕲州东禅寺。"

慧能借钱把母亲安顿好,徒步走了近一个月的时间才来到蕲州。入寺拜见东禅寺住持五祖弘忍大师。弘忍问:"你远道而来,欲求何物?"

慧能说:"唯求成佛,不求余物!"

弘忍不语,令慧能干粗重活。数年之后,弘忍大师召集众弟子说:

"你等作偈表现对佛性的感悟。"

东禅寺上座神秀作了一偈：身是菩提树，心如明镜台，时时勤拂拭，勿使惹尘埃。

慧能亦作了一偈：菩提本无树，明镜亦非台，本来无一物，何处惹尘埃？

这一年，慧能二十四岁。

弘忍大师认为慧能已悟禅道，对他说："一切万法，不离自性。自性本源清洁纯净，有情众生心中佛性存在，佛性就会萌生而使他们修炼成佛。"弘忍大师授慧能衣钵说："你已是第六代祖师！但此地危险，你速速离开蕲州。"

慧能问："去何处？"

弘忍说："一直南行！"

慧能辞别五祖，日夜兼程，南下韶州，途中，不断有人追杀他。这些人都是神秀的大弟子志悟派来的。神秀的弟子都想拥立神秀为第六代祖师，但弘忍却将衣钵传与慧能，众弟子心中无比嫉恨。志悟于是派人追杀慧能。

在大鹰岭，慧能被一名叫志明的僧人追上。志明出家之前是四品将军，力大过人，性情粗暴。他提着一把戒刀逼着慧能交出木棉袈裟。

慧能将袈裟放在一块石板上，一脸平静地对志明说："既然你要取这法衣，可以给你，但请你听我为你讲授佛法。"

慧能说："迷悟有殊，见有迟快，若怀不善之心，佛法难到。先除十恶八邪，佛性自生。师父本为出家之人，手持利刃夺五祖赐予法衣，可谓执迷不悟。请你自净其心。赠你偈文：菩提只向心觅，何劳向外求索？"

慧能言毕，转身欲走，只听"当啷"一声，戒刀从志明手中滑落。他跪在地上，向慧能拜了两拜说："大师之言，令贫僧顿然大悟，请大

师收在下为入室弟子!"志明就这样成了慧能的弟子,改名法号道明。

慧能大师叙说到这里的时候,也听见"当啷"一声,一把剑落在了地上,在清静的道场上发出了沉沉的响声。

韦琚大叫一声:"有刺客!"十余名手持长剑的护卫冲过去把张行昌围在中间。

慧能大师道:"宝剑已自放下,何来刺客?"

慧能把张行昌带到禅房,张行昌跪在大师面前忏悔道:"在下本是赣南一剑客,受志深法师重金,前来行刺大师。适才在道场听大师布禅,大彻大悟,善心顿生。于是不知不觉中放下了利剑。"

慧能大师道:"一切众生都有佛性,一切众生都能成佛。张施主一进道场,老衲已猜到了施主的身份。听解佛法有千余人,老衲却只为张施主一人而讲解!所幸,施主有慧根佛性,能顿然而悟。幸哉!幸哉!"

张行昌对大师磕了几个头说:"我愿皈依佛门,请大师收我为徒!"

慧能说:"机缘未至,你现在皈依我佛,恐有弟子告发你身份再加害于你。故请施主先行离去,三个月后再来敝寺,老衲将亲自为你剃度!"临行,慧能赠他一本《涅槃经》。

三个月很快过去了,张行昌却再也没有回来。

直至一年有余,张行昌才返回国恩寺。

慧能说:"张施主与我佛有缘,老衲知道你定会返回,只是不明白为何迟迟而至?"

张行昌道:"当日,千人道场上,大师为我一人布道,令我迷途知返,在下感激万分。担心仅我一人前来出家修行,又如何能报答大师恩德?唯有宣扬大师佛法,方不负大师之教诲。在下持《涅槃经》,对志深讲解大师之佛法,穷尽一年时光,志深已有所悟,亦愿皈依大师门下。"

慧能问:"志深现在何处?"

张行昌说:"在殿外。志深屡次加害大师,恐大师指责,不敢相见。故托在下先面报大师,合则见。"

慧能说:"佛法无边,来即有缘。"令人传志深入禅房。慧能为张行昌剃度,赐法号志彻,为志深重新剃度,赐法号志远。

每天送你一片菩提叶

○吕啸天

　　洛城北山山脚下有一千年古寺度缘寺。青瓦佛灯装扮,简朴的千年古寺出奇地小,寺里的僧人屈指可数,但是每天到寺里进香许愿祈福的香客信众却很多,因为住持缘空大师是一位高僧。香客信众最盼望的事就是到寺里听缘空大师讲禅诵经化解内心烦忧。

　　缘空大师论禅必定来到我的身边端坐于树下。我是度缘寺唯一的一棵菩提树。千余年来,我见到的景象如轮回一般相似,钟鼓经幡佛像蒲团都像带着佛性在规定的时间里发出声音做着动作,寺庙里的一切因为太过熟悉而提不起多少热情。与我有相同感受的是寺庙里年少的僧人了可。

　　了可是一位被遗弃在路边的孩子,化缘路遇的缘空大师把他带回了度缘寺。十几年过去,已长大的了可选择了出家。每天进出寺庙穿红戴绿的青年男女诱惑了他年轻纯真的内心,了可对山外的世界充满了好奇。但是面对缘空大师那威严的脸容,他只能欲言又止。

　　讲禅诵经之余,了可试探着问缘空大师:"师父,你去过城里没有? 山下那边是不是有很多很奇妙的东西?"

　　缘空大师没有回答了可的问题。他给了可一个新的任务,每天清晨到我的身边摘一片带着露珠的菩提树叶下山赠送给有缘的香客。

每天天黑之前要赶回寺里诵经。

了可抑制不住内心的激动和惊喜，凌晨五时就悄然起身，摘了一片树叶就迫不及待地下山了。步行三十里来到镇上天才变得亮起来，他见到的第一位信众是一位卖肉的屠夫，了可把菩提叶交给了屠夫。屠夫很感动，净了手接了树叶还朝度缘寺的方向拜了几拜。送完菩提叶，了可来到洛城市中心走走停停看看，觉得一切都很是新奇。

第二天，了可又早早起床，来到我身边摘了一片树叶就急急下山，赠送了树叶后还是到洛城四处转悠，直到天黑才回去。

了可的师兄了真很担心地对缘空大师说："师父，您一直要求我等持一颗静心修佛，师弟如此天天下山，会不会变得烦躁不安？"

"红尘世事，诱惑无比，迷途逆行，徒增烦恼。"缘空大师宣一声佛号道，"是非有因，一切早有定数。不求、不迫，你无须多忧。"

了可每日从山下回来，想向大师说说进城的感受。缘空大师只是淡淡一笑，让他到禅房诵经。刚二十出头的了真自小在度缘寺出家之后，一直没再踏出山门一步，对山外的世界其实也充满了好奇和向往。夜里，他暗中向了可打探进城的见闻，了真听得入了迷，也恨不得能下山去看城里的风景。

了可还是天天下山，把我身上的叶子赠送出去，但是他心里也多了烦躁。每天赠送了菩提叶，再到洛城转悠，一切因为熟悉没有了新意，他的热情也渐渐冷却。相反，来来往往的市民见他整天在闹市之中穿行转悠，认为他不事禅修，对他指指点点颇有微词。无形的压力令了可感到了难受。

这一天天黑时分，了可下山回来去找缘空大师，请求大师收回成命，不再让他下山送树叶。了可碰到一件令他难堪的事，城郊一位年轻貌美的娘子，因为夫君每天起早摸黑忙着买卖之事，聚少离多又没多少情趣，寂寞难耐，见到前来赠送树叶的了可长得眉清目秀，不由得

芳心大动,请了可到她家中用斋饭。进了娘子的家中,了可看到案上已有一片已风干的菩提叶,不由得暗暗称奇。席间,这位娘子眉目传情向了可示爱。这一切令了可感到害怕。了可把树叶交给那位娘子就急急离去。

了真听了了可讲述了这个过程,两眼放光,问清了那位娘子家中的位置,就去找缘空大师,要求第二天由他下山去送菩提叶。

"无晴无雨,无对无错。"缘空大师沉默片刻,挥了挥手对了真道,"你去吧。"了真下山之后却再也没有回来。了可很担心,要下山去找师兄。

"红尘迷途,何有归期?"缘空大师轻轻一笑道,"来去有序,各行其是,遵循其道,始得自在。"

了可一直在等师兄,师兄一直没再回来。几个月后一个面容憔悴的男人上门求见缘空大师,要求皈依佛门。男人妻子红杏出墙与人私奔。男人怒火万丈,准备追杀二人。

"是这片菩提叶,使我放下了利刃和心头的恨。"男人从身上取了一片从我身上摘下来已经风干的叶子。

了可跑过来一看,不由目瞪口呆,这个男人正是他第一次下山见到并赠给他菩提叶的卖肉屠夫。

缘空大师为屠夫进行了剃度,给他取法号了明。

棋　悟

○行吟水手

　　一天午后,在去京都的官道上,走着一位书生模样的斯文青年。他神情落寞,步履沉重,孑然而行。一路上,背上的书箧犹似一座小山,压得他喘不过气来。这位叫柳逢春的青年士子,十四岁参加童子试,十六岁参加乡试,步步榜上有名,可谁料,他的满腹学问一到殿试,就使不出来了。这次,他已经是第三回科考了。对于仕途,他早已失去信心。无奈,望子成龙的老父认死理,"万般皆下品,唯有读书高";"书中自有黄金屋,书中自有颜如玉"。父命难违,他再次踏上了漫漫科考路。

　　日近黄昏,柳逢春途经一座古寺,看看天色已晚,暮鸦呼归,遂穿过长长的林荫小径,来到寺门前,见寺门横梁上搁一块木匾,玄色的"通心禅寺"四个隶书大字赫然其上。寺门两旁题着"花径缘客扫,蓬门为君开"的楹联。柳逢春略一踌躇,便上前轻敲寺门。少顷,寺门"吱呀"一声,一芒鞋布衫的老僧立于门后,双手合十,连呼"善哉"。柳逢春见状,忙朝老僧拱手施礼道:小生姓柳名逢春,因功名未遂,此次上京应试,天色已晚,欲借宿一夜,不知可否? 老僧说,施主请随我来。柳逢春说声"打扰",便随老僧走进幽寂的古寺,踏过苔痕隐现的石阶,沿绿竹掩映的庭院一直走进了客舍。

夜里,柳逢春摊开了厚厚的诗书。那是他用来换取功名的一块块敲门砖。这些砖,铺在通往仕途的路上,这些砖,正在压迫着他疲惫的灵魂。想想自己埋首寒窗,温读经史,鸡鸣而起,子夜未歇,为获取功名利禄,万里鹏程,尝了十几年寒窗萤火的煎熬,现在依然一领青衫,半肩行李,身如飘蓬,不禁悲从中来,狠劲将桌上堆着的诗书打落在地。这时,客舍外传来"笃笃"的敲门声。柳逢春打开门,老僧披一袭月光站在门外道:明月,清风,长夜寂寂。施主,既然无眠,何不与老僧下几盘棋,以消磨这难熬的长夜?

柳逢春说:长老,您想下棋吗?

老僧说:既来之,则安之。

一轮明月斜挂树梢,万籁无声,竹影满石阶。

柳逢春随老僧来到前院禅房。卧室内清净无尘,窗对修竹,地铺青砖。唯一床、一桌、一蒲团、两椅而已。桌上放一函经书、一方端砚、一支狼毫。正门墙上挂着一幅行楷立轴,内容写的是佛家的两句偈语:

晨钟声声唤回苦海名利客

暮鼓阵阵惊醒世上梦迷人

柳逢春和老僧隔着桌子、棋盘和两个青瓷茶杯,坐了下来。柳逢春垂着头,一言不发。老僧呷了口茶,开口道:过去心不可得,未来心不可得,现在心却可得。施主专心下棋吧。

一颗颗棋子被摆上了棋盘。棋子落在棋盘上,余音清寂而空灵。

柳逢春发现老僧的神态居然显出几分倨傲,并且侧着身子,不和他正面下棋。这分明是没将自己放在眼里。柳逢春想,我柳某人虽然科场失意,但未必下棋也会输给你。一时间,一股豪气从压抑很久的胸腔里一冲而出。棋子在柳逢春手里开始显出力量,谨慎中不乏策略的攻势凶猛而凌厉,锐不可当。第一盘,两人下了两个时辰,老僧输

了。于是再下。第二盘，下了一个时辰，竟又输了。第三盘，又下了一个时辰，老僧就站起来一推棋盘，说：不才不才，让施主见笑了。柳逢春心里冷笑，嘴上却说：承让承让。瞬间，内心的阴霾一扫而光，顿觉神清气爽，斗志昂扬。

翌日，一轮红日升上东山坳。柳逢春起个大早作别寺僧，大步流星赶往京城去了。

又一个夏日，雨过初霁，树上的知了拉长了嗓子，天气又闷又热。米谷县知县柳逢春走马上任了。一路上，志得意满的他吟诵着"春风得意马蹄疾，一日看尽长安花"的豪壮诗篇。

路过上次借宿的古寺，他想，当初我借宿古寺时，还是一介寒儒，没想到我柳某人也会有显赫的一天。这样想着，不觉来到寺门前，想起和寺僧那夜下棋的事，便决定进寺去纳凉歇脚、喝茶消暑。正待敲门，门却从里面吱呀一声开了。还是原来的老僧，表情却淡然，一言不发地领着柳逢春穿过竹影匝地的庭院，径直来到禅房里。禅房内一切陈设如旧。一杯淡茶递了过来：施主从哪里来？要到哪里去？柳逢春一怔：柳某从京城来，欲去米谷府衙任上，怎么，长老不记得我啦？几个月前柳某曾在贵寺借宿过一晚，且和长老下过三盘棋呢。柳逢春将"三盘棋"几个字说得重重的。老僧脸上有了笑容，道：哦，老僧想起来了。施主，酷暑难耐，何不与老僧喝茶下棋，借以消暑？柳逢春在心里笑了，柳某再赢你三盘，看你如何说。遂含首应允。两人在桌前左右坐了，摆起了棋子。这次，老僧朝着柳逢春端端正正坐着，再没有侧着身，柳逢春反倒侧过了身子。

对局开始了。

一颗颗棋子落在棋盘上，余音清寂而空灵。

这一盘只下了半个时辰老僧忽然不动了。柳逢春纳罕，说长老为何止棋了？老僧朗朗笑了，说，施主，这盘你输了。柳逢春看一阵棋

势,抬头笑道:输? 我四势平稳,输从何来? 老僧说二十步后你定输。

柳逢春自然不把老僧的话放在心上,只是催他快走。

二十步后,果然输了。

于是大惊失色。天下棋者,看五步即为高手,这老僧却能看出四个五步。想想又疑惑,便问:长老棋术既如此高深,前一次为何三盘皆输于我? 前后两回反差如此之大?

非法即法也。

柳逢春一愣:长老你的意思是……

老僧却不答,唯含笑而已:来,喝茶。

柳逢春点头,似有所悟:柳某在此多谢长老一片苦心。遂告辞出寺。

后柳逢春在米谷县知县任上恪尽职守,深受当地百姓爱戴。

黑罐子　红罐子

○闫岩

　　他们俩恋爱时并没觉得性格有多少差异,你敬我爱亲密无间。结婚过日子后才知道,他们是性格截然不同的两个人。男人外表深沉,脾气却暴躁,动不动就摔东西,有时还动手打她。而女人看起来外向,嘴不饶人,内心却脆弱,总爱哭。

　　男人其实也不是心眼有多坏,就是控制不了自己的情绪,出手打了她马上就后悔。一次,两人在被窝里亲热后,女人躺在男人怀里说,我要准备一个黑罐子一个红罐子。以后你要对我好一次,我就把你的好写在字条上,放在红罐子里;如果你对我坏,我就把你的坏也写在字条上,放在黑罐子里。我们死了后到阎王爷那里算总账。男人愧疚不已地说,这办法确实不错,你就把两个罐子都放在桌子上,让我时时看到它们,对我也是一种监督。

　　果真,自摆上黑罐子红罐子后,男人的脾气好了许多,但有句老话叫"生就的骨头长就的肉",想彻底改变是很难的,所以,战争还会不时地爆发。爆发后,男人眼睁睁地看着女人背对着他把写好的字条放进黑罐子里。这时,那个黑罐子就像阎王爷的眼睛一样注视着他,让他羞愧难当。

　　一晃,孩子们长大了,也知道了两个罐子的故事,但谁也不过问他

们老两口的事情,有时在他们背后说笑一番,觉得两位老人挺逗的,像小孩一样。

再转眼,他们都老了,吵不动也打不动了。可是,女人却得了重病,治也没治好,撇下他先走了。葬了她,男人立即感到了失去她的那份落寞。

男人想到了那两个罐子,他想知道这一辈子到底对女人有多少好多少坏,死了也好给阎王爷有个交代。他颤巍巍走到桌前,拿起黑罐子,想先看看他做过的坏事。黑罐子的盖被他打开又被他盖上了,他想,还是先看看他做过的好事,于是就打开红罐子的盖子。他的手刚要进去抓字条,又缩了回来,他觉得还是先看看坏事,这样先坏后好会让他容易接受,于是他又打开黑罐子,可又觉得自己应该先看看红罐子……就这样,黑罐子红罐子,红罐子黑罐子,他打开盖上总有十多次,才最终先拿出了红罐子里的字条。

他拿出红罐子里最上面的一张字条,那上面写着:你为我买了一条围巾,让我感到特别温暖。读着字条,他心里也温暖无比,心想,如果你活着,我会给你买更多的围巾。他又拿出第二张字条,上面写着:你帮助我收拾屋子,让我觉得你非常爱我,我非常有幸福感。他想到平时自己很懒,不喜欢做家务,内疚得眼泪都要掉下来了。字条让他一段段地美好而又带着伤痛地回忆着,当他读完的时候,泪水已经把衣襟湿了一大片。

黑罐子的盖打开了,他从里面拿出一张字条没有立即打开,而是想象着字条上应该是他做的哪一件坏事,他想,一定是他打她的那件。他闭着眼睛打开字条,又慢慢睁开眼,结果他发现,字条上写的是:我只想记着你的好。他再拿出一张读,仍是这句话。他再拿,还是这句话。他又拿,仍是这句话。每张字条上都在重复着这句话。

他终于忍耐不住,抱着黑罐子肆无忌惮地大哭起来。

狗 头 金

〇西北偏北

谁不梦想发财呢？发一笔横财，就可以丢开现实生活中的种种限制，过上自己梦想的舒适生活了。不过，人为财死，鸟为食亡。这是条铁律，被发生在我们周围的人与事反复证实着。比如说，有这么个人，已经抱住了一块狗头金，却和那金子只亲热了不到一分钟，然后就死了。

那是个青海的金客，他死了，这狗头金的故事也就成了一个没意思的故事。

狗头金是一种产自脉矿或砂矿的天然块金，因形状酷似狗头而得名。大的狗头金特别少，只有极其偶然的机会才能获得。其实，不要说挖到一块狗头金，就是见上一眼，都是不易。

我一个朋友的父亲，荒弃家里的土地，先开矿，赔了。于是前几年便带着一帮人在青海甘肃交界的祁连山脉某条金沟里掘金。因为手头经费不足，买不起更好更能出货的金沟，就用相对较低的价钱买了一条被人挖过很多遍的金沟，想着再收拾点金子的残余。发大财的梦，那时还没敢做，只是想挣两个还能过得去的糊口钱。

据说，金子是会跑的，所以一条金沟里的金子理论上是永远都不会被挖完的。基于这一点认识，他们决定在这条沟里泡着，就等着金

子闪亮现身的那一刻。

他们进入金沟没多久，另外一家经费不足的掘金队也看上了这条金沟，于是又再次向他们购买了一半的采挖权。这么着，听起来有点像是把租来的房子再转租出去一个房间，好歹也能落个租金。苍蝇虽小也是肉，先把到手的钱拿上再说吧。我朋友的父亲这样想着，爽爽快快地便把金沟租了出去。

青海苦寒之地，每年好时节不多，于是他们决定趁着夏季天气好加快进度，入了冬就歇着。七月的一天，两家掘金队分成两班人马，每天二十四小时不歇手，三班倒，滚动掘进。规定谁挖到的金子便归谁所有，折现之后再与队长按一定比例抽成。一切顺从天意。鉴于采金地经常发生武力械斗事件，这样的要求应当说相当必要。如果总为一块金子的归属问题吵来吵去，这活儿也就干不下去了。

不过，人心叵测。

金沟里起初挖不到什么好货，无非是一些小砂金，藏在那些浮土和砂砾当中，琐琐碎碎的一点点，看上去不太起眼。然后，就有人想出种种办法藏在自己身上往外带：有装到裤裆里的，有撒到头发里的，还有的就那么含在嘴里，印证了"沉默是金"的老话。但是这样的人总会被抓出来，正所谓"是金子在哪里都会放光"，金子藏是藏不住的，无论你把它藏在什么角落里都会被找出来。处置这样的人，狠点儿的就是被痛殴一顿，然后驱逐出队；轻些的就让他们交出金子，并且三天不让进沟。

一块巨大的狗头金在某个凌晨被一镐头翻出来。那个凌晨因此被这块狗头金硌了一下，一直到现在都让人疼痛不已。

那天夜里，我朋友的父亲带着他的人马一路掘进，却一无所获，身心俱疲。他们一直向纵深而去，身后遗落下越来越多的土与砂。他们没发现一丁点和金子有关的东西，连点黄灿灿的颜色也没见到，如此

绝望。快到半夜十二点钟，他们交班的时间，也就差那么一两分钟吧，他们提前停手，不想再干了，收工回去睡觉。刚刚躺下没一会儿，就听见外面一片异常的喧哗，兴奋与惊惧的声音兼而有之。

原来，下一班人顺着他们采掘的方向而去，第一镐头就弄出个石头一般的东西来。那个青海金客当时就崩溃了——狗头金！他小心翼翼地扑上去，搂在怀里，又亲又摸，像是抱了个柔顺丰满的妇人。惨剧也就在同时发生：他抱着狗头金出沟时，绊在自己扔在一边的镐头上，俯冲向前，头撞在狗头金上，闷闷地死了。

金客们都说狗头金太富贵了，命贱的人实在消受不起。

而我朋友的父亲啐了一口唾沫，说，其实这块狗头金本来应该是我们的。

话音未落，他便感觉到周围那些金客眼中莫名的火焰。

于是收声。

草草的葬礼之后，那块狗头金竟然真的消失了。它来自沟里，似乎又复归沟里。

就像一把盐融化于大海之中。

夜　窥

○孙兴运

　　习武之人没有不想成为武学大师的。江南的李拳师在武艺日臻纯熟时便有了这种想法。他想为南拳扬威并促进南拳的发展,影响他实现梦想的就只剩下北腿王了。

　　北腿王其实是慕名前来拜访李拳师的,但李拳师并不知晓。那天,在李拳师的武馆开张大典上,李拳师登上比武台双手一拱说,南拳以精巧干练、迅疾紧凑闻名,必将击败粗蛮笨拙的北方拳脚!

　　那时北腿王刚到小城,凑巧就在比武台下。他捋了捋胡须微笑着说,在下对北方拳脚略知一二,能否请李馆主指点一下?

　　李拳师敛起了笑容。众目睽睽之下有人叫板了,并且是开馆之日!

　　李拳师想,可借机展示南拳之威风啊。于是一抱拳说,敢问阁下大名?

　　北腿王笑着说,老朽不足道也,北方一习武之人,久闻南拳之机巧,特来拜访。请赐教。

　　李拳师说,既然无名,改日再来武馆切磋如何?

　　北腿王笑着说,老朽云游四方,良机难求啊。

　　李拳师又问,怎定胜败规则?

北腿王缓缓地说,胜败乃常事。你我点到为止如何?

闻言李拳师料到台下老者略有胆怯,便朗声道,在下败了,即刻关闭武馆;若阁下败了,不许再进江南半步。可否?

北腿王沉思片刻,点头应允。

那场精彩的比武,看得众人呆若木鸡。李拳师使尽浑身解数竟不能伤老者一根毫毛!

比武终成平手。

李拳师不甘,提出不分胜负不罢休。

北腿王沉思半晌说,招式比试已过,你我不分高下,明日可到玉峰山上比试气力。

李拳师正值不惑之年,自忖气力当在老者之上。翌日,李拳师应约而至。北腿王已在玉峰山上等候多时。

北腿王指着山路旁一只石兽说,你我举起者为胜,如何?

李拳师当即运气伸臂,涨红了脸的他将石兽举过了头顶! 那老者扎步发力,石兽始终纹丝不动。老者红着脸拱手说,见笑!

李拳师冲老者背影喊道,君子当重承诺!

当夜,风高月黑,李拳师带着儿子摸到了老者借宿的破庙里——怕他败后不服,另有算计。

庙内燃着青灯,透过窗上破洞,李拳师窥见了庙内的一切。

大堂里,老者身旁坐一十四五岁孩子。孩子问,爷爷,明天咱们就离开吗?

老者说,君子一言,重过九鼎。

孩子说,爷爷,以你的武功,胜他易如反掌。为什么你总跟别人战成平手啊?那习武还有什么意思呢?

老者说,武功的最高境界不是拼命击败对手,而是能收放自如。跟别人都战成平手,没人知你武功多深,既不结怨又能博采众长。习

武是悟武学之精妙，不是练搏斗之技巧啊。

孩子说，你不胜他，我们就再不能来江南了。

老者说，他是南拳传人啊，胜了他，南拳将失，武学的罪人啊！其实拳法各有所长，并无高下之分，比的只是习武人的修为而已。戾气不去，难有所成啊。

孩子说，让我私下会会他，让他知道点厉害，行不？

老者说，胡闹！玉峰山陡峭，山路仅容一人通过。总有一天他会想明白那个石兽是怎么上山的。

庙门陡然开了，南拳王令儿子跪在庙堂前，说，孩子，今天你有幸见到真正的武学大师，跪下拜师吧！

禅师与爬树

○张红华

　　他出生在一座寺庙旁的村庄。寺庙叫白云寺。白云寺坐落在龙凤山的山腰上，一朵朵白云在白云寺的上方悠悠飘移，很美。

　　遗憾的是，小时候他颇顽劣，还不懂得欣赏美。他小名叫二秃，一心想与寺庙的老禅师圆觉和尚作对。圆觉禅师在漫山遍野栽了许多果树，常年要劳作不息地护理浇灌，还亲自上树采摘成熟的水果，往山下方圆百里的一个个村庄送。爬树，成了圆觉和尚的一项长年的运动。八十多岁了，他还身手敏捷，爬树像猴一样灵敏，满脸的笑，健康阳光，半点不染岁月的风霜。

　　二秃见爬树有趣，也爬，却是乱爬一气，乱摘一气，弄断不少树权。圆觉禅师笑着劝他下来，他偏不，他想看看圆觉和尚生气的样子，可是无论他怎样捣乱，禅师总是微笑如初。有时，禅师还作画，虬枝粗叶的。二秃觉得和自己画的差不多，像茅柴棍搭的，二秃觉得好笑。

　　后来，二秃长大了，出门去打工。几番风雨几番挣扎，二秃有了自己的公司，资产几百万。可是二秃总是心事重重，烦恼不断。他日思夜想如何赚更多的钱，可竞争太激烈，加之亲戚朋友一群群，这个来借，那个来要，难以应对。他蓦然想起故乡龙凤山上的白云寺和白云寺中的圆觉禅师。二秃回到了白云寺，见到圆觉禅师正如老农民一样

爬树摘果,很亲切。他也爬树帮禅师摘果。

二秃向禅师倾诉烦恼。禅师悠悠地说:"亏了就亏了,拿去了就拿去了,就当是消除、卸下了心灵的重担。不把烦恼放在心上,烦恼自然压不到你。你就当像我一年年把水果全送给乡亲们吧,自己收获的是无穷的快乐!"

二秃心胸开阔了不少,高高兴兴地回城了。可是二秃不能不把赚钱的事放在心上,他费尽心机,但公司还是垮了。亲戚朋友以前拿他许多钱,却不愿再理睬他。妻子也离婚改嫁了,儿子跟了她,因为她攒有几十万元私房钱。倍感世态炎凉的二秃落魄地回到故乡,回到龙凤山上的白云寺。他悲痛欲绝,想跳进万丈悬崖。禅师说:"不必跳,陪我爬树摘果,你会快乐起来!"起初,他郁郁寡欢,但日日爬树,热出一身淙淙的汗,疲惫不堪,晚上倒头便呼呼大睡。几个月之后,他爬树不再感觉累,反而精神焕发。爬上树,眺望远方,天高地阔。但他常眺望着远方发呆。

禅师说:"放不下,就再出去吧!"

二秃说:"我再无本钱!"

禅师说:"我有些画,你拿去或许可以卖些钱做本钱!"

二秃随禅师去看。在后院中藏着禅师的许多画,有些是二秃童年时看着禅师画的。原来这么多年禅师画的画全留着。

二秃疑疑惑惑地拿禅师的画去卖。没想到画界称那些像茅柴棍搭的画是极品,卖出了高价,几十万元一幅。二秃怕别人也会要禅师的画,便跑回去拿,把禅师的画都拿去卖了。二秃不关心画界对禅师的画的评价:"一片空灵""超越了艺术的艺术""没有技巧的艺术""最高的技巧是无技巧""映照在字画中的艺术家的心境如蓝天一样广阔而明净、朴素而深邃"。二秃只想有更多的钱,好去人群中炫耀。二秃日日沉浸在灯红酒绿、觥筹交错中。

但不久二秃重病，苦痛难熬，无法医治，骨瘦如柴。二秃绝望中又回到了故乡白云寺。圆觉禅师健康硬朗，声如洪钟。禅师依旧微笑着，平淡地说："回来就陪我爬树摘果吧！"

一日日陪禅师爬树摘果，每每累一身涔涔的汗，夜夜倒头便呼呼大睡。过了一段时间，二秃的身体竟奇迹般地好了。鬼门关中逃回来，二秃再看禅师画的画，忽然明白先前画界的评语，感觉久看其画，自己的心境也如蓝天一样广阔而明净、朴素而深邃。

二秃说："禅师，我再也不出去了，总公司就设在白云寺，我用电脑、手机也可操控自己遍布全国的大小分公司！"

禅师说："你不怕亏了吗？"

二秃说："赚了就赚了，亏了就亏了，就像你爬树摘的水果全送给乡亲们了！"

禅师说："这就对了！"

从此，二秃长住白云寺。禅师又画了许多画，可二秃再也不肯卖一幅禅师的画，视其为至宝，天天陪人欣赏。

从此，二秃常对人说他去花花世界绕了一大圈，却发现自己想要的生活就在故乡，头戴着金却到处去找金，瞎忙。

从此，二秃常常陪禅师爬树摘果，他说这儿的蓝天白云真美。他说陪禅师爬树，终于让自己懂得了欣赏美。

纸 枷 锁

○远山

西太后过生日,男旦艺人花木春去赴堂会,一路上脸色有些沉重。

木春不是第一次这样奉旨而来了,引路的太监已经熟悉,就劝了木春几句,倒不是因为木春的脸色不好——到了太后面前想必木春的脸色会好的,而是木春并没有穿红衣服,这可是最忌讳的。

木春家人刚刚去世,太后招呼哪敢不来,可衣服实在是来不及换了。木春这样对太监敷衍了几句。

堂会在东厢的小会堂开始,满布红色,处处笑脸。婉曲曼歌,韵味绕梁。花木春的脸上自然是笑意盈盈了。但他那衣服早被太后看见了,太后并不言语,只是让花木春靠后了再上台。

中间休憩时,太后赐予花木春两样东西。先是鞭子,当然都是下人传的话:知道为什么赐你这个东西吗?木春一脸的惊诧,如实说:不知道。下人说:我们也不知道。你预备好谢恩就是了。

趴下一顿抽。花木春硬是没敢吱声,默默忍了,站起来。开始第二个赏赐了:今儿个,你甭唱别的了,唱一出《戴枷行》。木春一惊,这可是老佛爷的生日堂会呀!不敢出声,只愣怔瞧着太后。

太后说话了,天高海阔地说了两句,大意是:支撑这么大一个家累着呢,内务外交像戴了枷锁一样子劳神费心。什么生日不生日的,就

来一段《戴枷行》好了。

下半段的堂会开始了，花木春正在后台准备着呢。太后跟前的人手里拎了个东西过来传话，说：咱今儿个，为了让你演得逼真，特让你戴上这个上台。

接过来一瞧，木春当时便心惊肉跳。你当是什么？原来是一副纸糊的枷锁。

那差人瞧见了花木春脸色不太舒服，就说：一个纸糊的东西而已嘛，重也不重，硬也不硬，想必是一撕便破了的。

此时，木春的心才稍微定了一点，他昂起头，想说出来难以从命的话，还没出口，那差人就搬出了太后的意思——没别的辙儿。

压轴戏，临到花木春上场了。乍一露身，举座皆惊。

唯西太后气定神闲，微露笑意。

听那台上，悠扬唱腔，婀娜身姿，溢满了楚楚动人的病态男旦之艳美绝伦。一曲终了，谁敢出声啊。太后给了个满意的手势，下面的人才放下了一颗心。

不用说，又要赏赐了。各位名角一一领赏而去。

太后留下花木春不放，眼神恍惚起来。下人纷纷退去。才一会儿，太后厉声唤回太监。

太监低眉见了太后的脸色，禁不住一抖。而花木春呢，满脸奇怪的神色，低头不语。

赏——太后的声音是打了弯的，仿佛在空中划了一个弧线落了下来。太后要太监取来花木春演戏用的纸糊的枷锁，对花木春说：这个就赏给你了。

看得太监们一头雾水，太后要愣在那儿的花木春过来，戴上它走一圈。太后指指花木春的脖子要问什么，没出声。太监看花木春局促的样子，恐怕再惹了太后，悄悄上来告诉花木春，太后是问你脖子感觉

如何。

也不等花木春应答，太后就笑了几声走开了。

不安地回到了家，花木春轻轻放下西太后赏赐的东西。

连着多少天，花木春总感觉脖子上有问题，特别是戴了纸枷锁的部位，奇痒无比。找人给看，人家都说看不出来什么呀。找了多少人看都是一样，可脖子那部位就是难受。

晚上做梦遇上了太监，太监说都怪你自己……怪自己什么？人家不说明白。

花木春烧了好几炷香，嘴里念念有词，仍不管用。那天烧香以后，索性一不做二不休将那纸枷锁烧了。

纸枷锁烧了，烟灰在空中袅袅着……看过去，似乎和一般的纸没什么不同，用纸灰抹自己脖子难受的地方，痒是不痒了，可是为什么却越来越痛呢？直到痛得昏过去了。

不久，花木春死了。到底是自杀他杀，还是被吓死的，人们不得而知。但有一点是明确的，那就是脖子上有道深深的痕迹。至于如何形成的，始终令人费解。

峨 眉 刺

○ 楸立

小丹的父亲临死之时,抚摸着小丹的头说,孩子,不要去找铁拂尘寻仇,你赢不了他,这仇恨你也不要再结下去。小丹咬紧牙关,攥紧铁拳,眼睁睁地看着父亲合上双目,暗暗发誓,不报父仇誓不为人。

上峨眉山,只有峨眉山铁臂童子的峨眉刺能破铁拂尘。小丹打定主意,安葬好父亲,便收拾行装直奔峨眉山。一路风餐露宿,上了峨眉金顶,四处寻找也不见铁臂童子的踪影。小丹无可奈何,晚上露宿在寺庙的廊檐下,倍感凄凉,哽咽失声。

庙门敞开,走出一位身材修长的长眉和尚,问小丹,施主因何悲伤?小丹说,我不是什么施主,我来找铁臂童子习练峨眉刺,下山找仇人报仇。

长眉问,你找到铁臂童子了吗?

小丹摇头。

你找到铁臂童子,铁臂童子就能教你武功吗?

小丹茫然地又摇头。

长眉和尚把小丹领进斋堂,说,在你找到铁臂童子之前,你在伙房里干些杂活,这样一日三餐不愁,又可以继续寻找铁臂童子。

小丹留在了寺内。转眼一个月过去,铁臂童子还是找不到,小丹

焦急万分,无可奈何。

　　长眉和尚说,世有所谓因果轮回,冤冤相报既非禅家之意亦非俗世根本。小丹倔强地回答,杀父之仇,不共戴天,此仇不报,难为人子。

　　长眉自言自语,罪过,罪过。

　　第二天清早,长眉找到小丹,说,我为你找到铁臂童子了。小丹非常兴奋,问人在哪里。长眉说,我就是铁臂童子。

　　小丹有些不信,长眉说,铁臂童子难道就得是孩子吗?

　　只见长眉手中虚晃,掌中就多出一对乌金镶铁峨眉刺,长身一纵,大鹏双展翅,右臂一挥,一道金芒直直钉入对面岩石之中。小丹惊叹,对长眉和尚的功夫深信不疑。

　　长眉说,我可以教你峨眉刺,但你的内力不够,唯一的方法就是服用"峨眉大还丹","大还丹"可让人起死回生,又能增强人的内力。现在南山下有位老农就有一枚"大还丹"。这个老农快死了。你下山去,等老农死掉,你服了他的"大还丹"再来找我,我就可以传给你峨眉刺了。

　　小丹来到了南山脚下,在一茅屋内,果然有一老农仰卧在地,脸色青紫,四肢僵直,痛苦万分。老农见有人进来,艰难地说,年轻人,我怀里有一枚药丸,求你放到我嘴里。小丹紧张至极,过去解开老农衣服,从老农怀里掏出一枚红色药丸。小丹想,这肯定就是"大还丹",是给他还是自己留下?小丹一咬牙拔腿就跑,任那老农在屋里呼喊。跑了几十步后,小丹又觉得自己这样做太过残忍,这样与杀人何异?瞅了一眼手心里的药丸,折身返回茅屋。

　　那老农服了"大还丹"后,气色果然好转起来。小丹扶老农上了木床,又给老农倒了碗水。老农喘息片刻说,年轻人,谢谢你救我一命,我不知道怎么来报答你。

　　小丹失落地摇了摇头。

老农说，其实，我有许多仇家，我先杀了他们的亲人，他们想尽了一切办法来杀我。刚才我就是中了五毒教的僵毒，幸亏你来得及时，否则我命休矣。

小丹没有心情听老农细说，脑海里浮现出父亲惨死的样子。如今失去"大还丹"，学不了峨眉刺，何时能报了仇恨？

小丹回到寺内，忧郁成疾，长眉和尚给他用了好多丹药也不见什么起色。

一天深夜，南山那位老农推门进了禅房，端着碗汤药，对小丹说，我听说你病了，特来探望。我这一剂汤药能治百病。小丹强撑身子，将老农的汤药喝了，瞬间全身通畅，丹田真气涌动，身子说不出的轻松。

随后老农对小丹说，其实江湖恩仇放下也罢。我现在才明白，做个普通老农，与世无争，日出而作，日落而息，这样的生活，多好呀！

小丹起身叩谢老农，我父亲死得惨烈，不报仇岂不被江湖人耻笑？

老农长叹一声，退步走出门外。

长眉来到小丹近前，你刚喝的药其实是老农的丹田之血，现在你的任督二脉已开，内力比以前高了百倍。我今天把峨眉刺传给你，你明天就可以下山报仇了。

小丹第二天携峨眉刺下了山，到山下向老农拜谢辞行。那老农早换了装束，手里横着一柄金丝拂尘，对小丹说，年轻人，我是铁拂尘，你现在可以为父报仇了。

小丹怎么也不相信这个事实，胸中血涌，怒火焚身，大吼一声，一个纵身，大鹏展翅，手中的峨眉刺疾射而出。那老农也不躲闪，峨眉刺穿透了胸口。铁拂尘面无痛苦，倒地气绝。

小丹定住身形，想起铁拂尘舍身赠药之情，心头涌出丝丝痛悔。他"扑通"跪倒在铁拂尘尸体旁，眼睛湿润，怅然若失。长眉和尚不知

什么时候来到了身后,念一声"阿弥陀佛",也跪在铁拂尘身前。

他将真气给你已不想活,你今日大仇得报,可以下山去了。

小丹无语,片刻才说,铁拂尘如有子嗣,定不甘休,我愿意居此茅舍等来者寻仇。

长眉和尚眼波里一片汪洋:冤冤相报何时了? 我父此生罪孽已了,施主放心下山吧!

小丹听罢愕然,双膝跪倒,双手合十。从此江湖中少了一个英雄少年,而多了位小丹法师。

独 眼 佛

○墨中白

东家江大佬闷头喝着早茶,管家说有僧人求见。

江大佬示意进来。

来僧衣着粪扫衣,干净利落,其态悠闲潇洒,面红须白,一眼大,一眼小,小眼睁时如炬,大眼不动圆睁。

江大佬让管家端茶让座,问,您能医病?

僧人微微一笑,品茶不语。

江大佬带僧人到母亲床前。

僧人把脉,小眼微闭。

江大佬孝心,母亲生病,在泗洲城贴告示:医好,赏白银百两。

众医问诊,摇头离去。

僧人号脉,轻叹。

江大佬望着僧人。

僧人微眯小眼说,是风寒,好治。

江大佬一听很高兴,您快开药方吧。

僧人随东家来到堂屋坐下说,因拖延,误用药,老人寒气攻心,医好,难!

江大佬一脸诚意说,大师放心,医好,再多银子,给!

僧人点头道,治病需要红草和蟒蛇胆做药引。

江大佬说,九座梅花山洞多、涧多,药草奇,也许能找到。

东家就是东家,撒出白花花的银子让砂塘工人随他上山寻找药草和蟒蛇。

僧人用红草和蟒蛇胆配草药熬汤,老太太喝后,病好了。

江大佬大喜,拿出白银,谢僧人。

僧人婉拒说,救人性命是佛的慈悲。难得东家孝心!

江大佬求僧人多住些日子,陪他看戏、下棋,还把收藏的玉器给僧人赏玩。

僧人眯着小眼看玉器说,还是下棋吧。

下完棋,江大佬陪僧人去砂塘口,路过一块洼荒地,僧人问东家,这地也是东家的?

江大佬说,地是龟墩许三佬家的。

僧人摇头叹,可惜!

江大佬不解,荒地下是泥砂,许三佬开坑一看,不挖了。

僧人一笑,不采,咋知道无白砂?

东家也笑了,地下多深有白砂,只需挖坑就晓得了。

僧人微笑说,也许东家开,就能采到白砂呢!

东家就是东家,回来,就派管家去龟墩找许三佬,要买那块荒地。

管家不明白,东家咋想要许三佬丢弃的废地?

江大佬交代,他要问,就说用荒地的黄泥砂铺垫洼路。

管家到龟墩一说,许三佬痛快把地卖了。

看着管家离去,许三佬嘿嘿笑了。

原来,许三佬家的小姐生病,找僧人医治,曾谈起那块荒地,说没有财力开挖,想把地卖给江大佬。没想到僧人真帮了他。

江大佬吩咐管家集中人丁开挖荒地,用黄泥砂铺垫砂塘口道路,

自己陪僧人下棋。

洼路填平，管家跑来，发现古墓。

江大佬放下手中的棋子说，高手呀。

僧人眯笑，这步棋，东家走得妙。

江大佬和僧人到砂塘一看，是汉墓。墓道内的砂土已清空，江大佬想上前，被僧人拉住。僧人拿过铁锹，用木柄一转门拴把，石门轰声倒地，把江大佬和管家吓得目瞪口呆。

石门倒，又见一石门。

僧人小眼如炬，环视，走近石门，轻拍门眼，石门开了。

墓室内有许多金银，还有一个陶佛。陶佛头东脚西，面向南侧，右臂弯曲，手掌托头，左臂顺膝，指掐吉祥印，左眼眯，右眼睁，表情慈祥安宁。

手扶金银，江大佬乐了。

摸着卧佛，僧人说，此佛送与贫僧吧。

江大佬看眼陶佛说，送您金银好！

僧人摇头，此佛睁是醒，眯似睡，乃我佛熄灭生死轮回尔后获得的最高境界呀。

僧人叫管家拿来木桶，将陶佛放进草药水里，浸泡，晾干，告别了江大佬。

众玩家得知僧人不拿金银，要佛，叹惜说，双眼佛好遇，独眼佛难求，江大佬眼里只有金银。

江大佬知后，鄙笑，僧人虽瞎一眼，其心如佛，会是他们所想？

不几日，梅岭茶馆工人聚谈，听管家说，汉墓里有两孪生佛，僧人拿走的是陶佛，而东家留下的是金佛……

众玩家听了怀疑，找江大佬，果真见到光闪闪的金佛，一眼睁，一眼眯，像对他们瞪眼，又似对他们微笑。

众玩家夸,好个独眼金佛哟。

望着他们的背影,江大佬手扶金佛笑了。金佛是找巧匠按僧人的神态打铸而成。

此后,泗洲城人说江大佬撞财神了,荒地也能挖出宝贝来。

只有龟墩许三佬常懊悔自语,江大佬给了独眼和尚啥好处呢?

菩　萨

○孙传侠

　　女人每逢初一十五就来寺里烧香拜菩萨。一年了,无论刮风下雨,从没间断。女人四十多岁,长得妩媚,皮肤白,白得透亮。女人眼里含着苦,每次来寺烧香,眼里都泪光闪烁。女人对菩萨很虔诚,虔诚地焚香,虔诚地跪拜,虔诚地祷告。每次祷告完,要离开寺庙的时候,女人都从她手中的小坤包里拿出早已准备好的一些钱,恭恭敬敬地投到功德箱里,之后,痛苦的脸上露出一丝轻松,好像菩萨帮她了了一桩心事。

　　寺里有个打扫卫生的妇人,五十多岁,长相穿戴极普通,每天打扫香客们丢弃的废纸片、矿泉水瓶之类的东西,当然她还有最重要的一项工作,就是看管好香火炉,避免发生火情。

　　女人痛苦的表情和捐的那么多钱都被扫地的妇人看在眼里,她在心里感叹:这女子对菩萨真是虔诚啊!一捐就是那么多,都是百元大钞,好让人心疼啊。每次,妇人都恨不得抓住女人的手,把那些大钞夺下来。

　　这天是初一,是香客们烧香拜菩萨的好日子。晨光熹微,寺庙的大门早早就打开了,香客们都赶早来烧香拜菩萨。

　　女人来得也很早,当她拜完菩萨,捐了钱,走出寺庙时,寺里的和

尚也已经做完功课开始忙活别的了。

女人走出寺门,朝停车场走,这时妇人疾步走来,跟着她。到一个僻静处,妇人叫住了她,温和地说:妹子,请您留步!听到有人叫,女人停下,半转过身,好奇地盯着她,问:你是叫我吗?

妇人点点头:是的,妹子,我有句话,想给你说。

女人感到迷惑,打量着妇人:我不认识你啊。她真的从来没有注意过妇人。一个打扫卫生的,注意她干什么呀!妇人说:你是好人,是善人。来上香的人我见得多了,看得出,你是大善人!妇人的话叫她高兴。女人脸上微微露出悦色,说:谢谢你。你说你有话对我说,请问,你要对我说什么?

妇人说:妹子,再来拜菩萨,别捐那么多钱,好吗?

为什么? 女人皱起了眉头。

妇人犹豫了一会儿,终于说出了口:妹子,我觉得,你捐那么多钱,实在可惜。

可惜?

是的,妹子,真是可惜。你的钱又不是大水冲来的,不容易啊!钱真是好东西,要花在刀刃上,要用它办大事。

女人有些生气了,眼里冷冰冰的。

妇人又说:你拜的菩萨不就是一块石头吗? 修人在修心,求菩萨不如求自己。你在那里跪着,菩萨永远在那里坐着。菩萨也不看你,菩萨谁也看不见……妇人的话把女人的心蜇疼了,脸色刷一下就变了。妇人立刻闭了嘴,有些不知所措。女人冷冷地看了一眼妇人,拂袖而去。妇人紧跑几步,赶上女人。她指着远处一座若隐若现的小楼说:妹子,你看见那座小楼了吗?

女人没说话,循着她手指的方向望去。妇人一边说,一边用心观察女人的脸色,她害怕她的话再惹烦女人。妇人说:妹子,那个地方比

寺庙更需要钱。

那是什么地方？女人问。

妇人说：那是一所孤儿院。那里的孩子，大多是被狠心的父母抛弃的残疾孩子。钱能帮助他们解决好多事。

女人的心一动，她用一种陌生的目光重新打量了一番妇人，然后径直朝停车场走去。

看着女人离去的身影，妇人心里隐隐有点后悔，觉得自己不该说那些话——她和人家素不相识啊。

让妇人料想不到的是，从那以后，女人一下子消失了，消失得无影无踪，一连数月都没来拜佛。每逢初一十五，妇人都在众多的香客中间寻找女人的身影，可每次都令她失望。

这天下午，妇人抱着扫帚，清扫寺院门前的落叶。下午是寺院最清静的时候，妇人忽然感觉到身后有人，转过身，一下愣住了——面前站着女人，女人像梦一样出现了。

女人微笑着说：谢谢你。

妇人莫名其妙，但她吃惊地发现，女人变了，女人眼里潮湿的泪影不见了，变得有神采、有生机了。

女人说：我听了你的建议，去了孤儿院。果然如你所说，那里的孩子们的确需要我，不仅仅是需要我的钱，更需要我陪他们散步、给他们讲故事。谢谢你，你让我走到孩子们身边。

妇人脸上露出了笑容。

女人说：一年前的一次车祸，夺走了我十岁儿子的生命。我想儿子，我拜托菩萨，祈求菩萨，让我的儿子在那个世界里快快乐乐。只要我儿子快乐，给菩萨再多的钱，我也不在乎、不心疼。儿子快乐，我才能快乐啊。可是，我虽然每月的初一十五都来拜菩萨，却仍然快乐不起来。我知道，我是自欺欺人，自我安慰，我的儿子死了，不能复生。

当我听了你的话,来到孩子们身边的时候,我忽然发现,孩子们才是我的菩萨,是他们帮我赶走了忧郁的魔鬼,让我脸上重新有了笑容。

妇人说:我看得出来,你是大好人,是个菩萨。女人脸红了,说:我不是,我不配做菩萨。只有你,才是真正的大菩萨啊。

妇人说:我不是,你是!

女人说:后来我才知道,那所孤儿院,是你丈夫去世后,你用给他的补偿金资助建起来的! 大姐,你才是真正的菩萨啊!

孔 行 松

○苏平

孔行松的绰号叫"屠夫"。

孔行松是个胖子,身材高大,臂粗膀厚,浑身肉没处长的样子。要不是头上多戴了顶帽子,往菜场肉案前一站,绝对是标准版的"屠夫"造型。胖子大都喜欢吃肉,孔教授也不例外,好这口儿,有经典为证。一次孔教授随孔师母一起去商场,星期天,商场人来人往,熙熙攘攘,不一会儿,两人就走散了。好在,商场大门入口在一楼,真正进入自选区却在二楼,孔师母就在二楼入口处等。久等不来,孔师母暗想,莫非老毛病犯了?孔师母遂下楼,果不其然,孔教授就在一楼的入口处一炖肉摊前逡巡,走过来走过去,欲言又止,欲止又言。炖锅里发出"突突"的滚汤声,白雾在空气中打旋,散发出阵阵肉香,大块的东坡肉躺在锅里,油亮而质朴。孔教授的举动,显然被小巧的营业员看见了,她说,我给你挑一块小的吧,保证不超过二两。孔教授趋前一步说,真的?营业员笑了,孔师母也笑了。孔师母说,医生告诫少油多素,忘了?孔教授抿嘴一笑说,下不为例,下不为例。肉到底还是吃了。

孔行松教大学语文和人生修养。大学语文是必修课,不管想不想上,都得上。人生修养是选修课,要不要选,全在于学生自己,这里面故事就多了。

孔教授上人生修养课,那不叫上,那叫聊,漫无目的,泛泛而谈,说到哪儿是哪儿,没有板书,不用课本,学生也无须做笔记。孔行松上课从不点名,你想来就来,想去就去,去留随意。孔教授的课,选修的学生很多,先前用电脑报名的时候,常有学生半夜起来等号,脑子好使的为了确保报上名,还会让几个老乡一起去守夜抢号,更有甚者省下饭钱去买号。临近取消电脑报名选号时,听说学生间一个号已经卖到好几百元了。学校见此情景不得已取消了孔行松的人生修养课的电脑报名。孔行松的课也改到大教室上。即便如此,一百座的阶梯教室照样人满为患。

为什么会这样呢?除了先前说的不记笔记不点名外,有趣是最重要的。

孔行松上课开首之句必是"天下大势,合久必分,分久必合",比如,第一堂课,他说,"天下大势,合久必分,分久必合,今天大家坐在一起上课就是一种合";第二堂课,他说,"天下大势,合久必分,分久必合,我们接着前一堂课的话题继续聊,这也是一种合";到了第三堂课,他还会说出其他合理的"合"和"分"来。后来这句话被学生演绎为"天下之猪,养大了杀,杀过了养",这当然是暗合了孔行松"屠夫"绰号之意的。这话传到孔行松耳朵里,他并不恼,还笑。上课照样嘻哈而乐,不管不顾。孔行松的课互动很好,不论讲到哪里,有问题的学生都可以站起来发问。有同学斗胆问:"孔教授,大家背后都叫你'屠夫',你怎么看?"孔行松说:"你叫什么名字?"大家的心紧起来,这家伙胆也忒大了,要惨。没想到孔教授说:"本学期你的人生修养课过关了,免考。"又说:"屠夫者,除毛去秽也。"闻言大家掌声如雷。还有学生,在黑板上写字时,放了个响屁,下面笑声一片,此学生大感尴尬,满脸羞红。孔教授说:"笑什么?屁眼喘了口气而已。"学生再次雷倒。有学生站起来说:"孔教授不文明,俗而失雅。"孔教授说:"俗者

见俗，雅者见雅。"还有学生曾以"肉食者鄙"做问，这当然又是暗合孔教授爱吃肉的意思。孔教授说："这个问题，鄙人不做回答。"孔教授说是不回答，明眼的人早已明白，他自谓鄙人就是最妙的回答。

孔行松的课好听，但不好过。一到期末往往会有一小半人过不了他的关。屠夫的刀当然是拿来杀猪的，有学生这么感叹。

其实过孔行松的关也不难。孔教授上课时，常会出题考大家，你只要能说上一两句妙言慧语，便能顺利过关。比如一次以《猪》为题的课，有同学说："毛浓何需油烫发，肤白岂要面膜祛斑？"孔教授微微一笑，说："过。"另一同学说："睡觉不用理被，晨起无须刷牙。"孔教授咧嘴而笑，说："过。"还有同学说："玉耳招风胜佛祖，大肚膨过弥勒。"孔教授大笑，喊："过。"孔教授说"过"的同学，就不用再参加期末考试了。期末考试其实也简单，自拟一个题目写篇文章，交上去，文中若有一两句话能入他的法眼，就行了。据说，有同学自拟《茶杯》一题，只写了十个字"多喝白开水，少做亏心事"，竟也得了个优。

孔行松这样的考试法，当然会有不同的声音发出来。可过了几年，那些因一句话过关的学生交回来的个个事业有成的社会考卷，把他们的嘴全堵上了。

救命一卦

○诗秀

清朝道光年间,苏州有一小商贩,名叫向永吉,靠趸货肩挑零卖度日。小生意不好做,眼看到了除夕,不仅还不起债,年货也无钱置备。

向永吉心灰意冷,正打算投湖自尽,元妙观一个算卦先生告诉他:"我看足下相貌,今晚半夜时分,就会发财。本道熟读麻衣相经,深得其中奥妙。不信,你回家一试。"

向永吉将信将疑,回到家里,与妻子一说,妻子也有些狐疑。

二人还是用仅有的一吊钱,上街买了酒肴,点灯敬神过年。

夜半时分,妻子说:"算卦先生说,今夜会发财,莫不是咱床下藏有金银珠宝?"

向永吉觉得有理,两人挪开床挖了起来。

挖了三四尺深,一无所获。妻子说:"肯定有银子,莫不是在别的地方?"

两人正准备转移地方,恰好隔壁咸鱼行的老板从窗前路过。

咸鱼行老板听见向妻的话,趴在窗口偷看,只见屋内点着灯,床斜在旁边,地面泥土堆积,笑了笑,哼了一声,吓得夫妇二人停下来。

咸鱼行老板推门进来,向永吉害怕他张口讨账,低下了头。鱼行老板拉住他的手,说:"兄弟,账先欠着,以后再说。明天就是正月初

一,一般没人做肩挑零卖。我行里有咸鱼,你是不是挑些去卖,换得一些过年钱?"

向永吉难为情地说:"我欠你的账尚未归还,怎好还来赊欠?"

咸鱼行老板慷慨地说:"没关系,你卖了咸鱼,再付钱吧。"

当夜,向永吉就去咸鱼行扛回一捆咸鱼。他拆开咸鱼捆,意外地发现里面裹有一两碎银。天啊,算卦先生的卦显灵了。

夫妻俩暗暗高兴,藏好银子。第二天,向永吉肩挑咸鱼,到大街小巷去推销,很快卖完。

向永吉很高兴,去咸鱼行付钱时,又赊了一捆咸鱼,拆开来,仍然裹有一两银子。向永吉惊诧得合不拢嘴,当下跑到咸鱼行,问老板总共积压了多少捆咸鱼。咸鱼行老板说,库房里有一万多捆。向永吉喜不自禁地说:"这些鱼,我全部包销。"

向永吉把一万多捆咸鱼拉回来,迫不及待地拆开鱼捆,一一寻找。奇怪的是,一万多捆咸鱼里,再也找不出半星银子。

向永吉傻了眼,看着满屋堆放的咸鱼,只觉得浑身虚脱,这才后悔因贪小便宜而吃了大亏。

无奈之际,夫妻二人只好痛下决心,振作精神,起早摸黑,背扛肩挑,四处去推销咸鱼。奔波了一个多月,总算赶在天气暖和前,把那一万多捆咸鱼卖完。

夫妻二人一结账,不仅还清了所有欠债,还大有盈余。

向咸鱼行老板交赊销款时,向永吉额外多付了二两银子。

老板问是怎么回事,向永吉说了缘由。

老板狡黠地眨眨眼睛,问:"难道只在两捆咸鱼中夹裹有银子?"

向永吉据实相告:"是的。"

老板哈哈大笑,说:"这就对了,那是我有意放进去的。要不,我那一万多捆积压货,你肯为我全部推销吗? 不过,你也赚了一大笔钱

哪。不是形势逼迫，你敢做那么大的生意吗？这就叫置之死地而后生。"

向永吉在商海沉浮中汲取经验教训，逐渐积累起资本，开起了商号。

成了老板，他不忘旧恩，准备聘请那个算卦先生做顾问。算卦先生淡淡一笑，说："像我这类从事算卦行当的人，有几个能够未卜先知？实不相瞒，这是我跟咸鱼行老板上演的一出双簧戏。因为自身经历过许多坎坷，又由于职业原因，我能阅人。我一眼看出你只是一时受困，只要肯吃苦，将来一定有作为，于是故意编造一个半夜得财的谎言挽救你。等你走后，我拜访了隔壁的咸鱼行老板。他正愁咸鱼滞销，听了我的计谋，当然求之不得。人生在世，只要不绝望，就会有东山再起的一天。"

心　魔

○马发海

　　山顶终年积雪,却有一古刹。大门镌刻一联:"古刹云光杳,空山剑气深。"古刹里住着一位剑术已臻化境的白眉老道士。

　　来客不多也不少,每年总要来那么几拨,纷纷为观剑而来。古刹剑庐里有一把众所周知的稀世宝剑,名唤"青云通灵"。

　　时逢老道士心情愉悦,会为来客奉献一场精彩的剑术表演。枯枝残叶皆可拾为剑,配上老道士超一流的轻功,呼呼剑气便直如风卷残叶般,时而在山巅,时而在山腰,时而又在深谷间响起。

　　于是,有人慕名而来,欲拜老道士为师。无论态度多诚,不管情感多真,老道士总是不予理会。有一位青年剑客的到来,却令他格外开恩,竟然一口答应了拜师请求。

　　老道士赐其法号为慧云。慧云根骨奇佳,悟性极高,聪慧异常,是百年难遇的武林奇才,深得老道士的喜爱。

　　老道士将平生技艺倾囊相授,并传其衣钵,唯独庐中宝剑没有赠予。

　　那宝剑曾是多少武林中人梦寐以求的物什,无奈道士武功已臻化境,多少回觊觎皆以望而却步告终。也有不知天高地厚者,曾拔剑刺向老道士,其结果不外乎剑毁人伤。

慧云想听听"青云通灵"的故事,老道士便讲给他听了。

这把宝剑最先叫作"通灵宝剑",是在三百年前,由武林中闻名于天下的女子剑派"通灵十二仙"归隐山林后,花尽毕生精力锻造出来的。

通灵宝剑因融进了十二仙子的全部灵气,所以能知晓使用之人的一切心思,让用剑之人能随心所欲。

十二仙子曾用此剑杀死了两百多年前武林中的一个大魔头。那大魔头的武艺极高,如果十二仙子没有依仗此剑,根本不可能在大战七天后,与大魔头同归于尽。

那场惊心动魄的决战真可谓惊天地,泣鬼神。大战七天后,十二仙子一一殒身大魔头的剑下,但在纷纷中剑倒地的最后一刹那,她们心灵相通,把杀死大魔头的希望寄予到了通灵宝剑身上。正当大魔头为杀死世间最难缠的一个对手而得意时,通灵宝剑却倏地从地上以迅雷不及掩耳之势,从大魔头的心脏穿过。

从此,武林一片安定祥和。通灵宝剑却因在大战中吸取了太多大魔头的魔性,成为了一把更具威力的亦仙亦魔剑。因为那个大魔头叫青云,通灵宝剑也从此更名为"青云通灵"。

为了不让其危害人间,这把宝剑被十二仙子的弟子拿去,让妙手药王在宝剑上涂抹了厚厚一层无人能解的剧毒。凡拔剑出鞘之人,此剑会满足其最大一个愿望,而这个人也必定死于剑下。

故事讲完,慧云说,师父,我想摸摸宝剑。老道士应允了。

令老道士万万没有想到的是,慧云竟突然拔出了剑。宝剑马上脱出了他的手,先穿过他的心脏,又折回来径直地飞向老道士。中剑的慧云狂笑不止,青云的弟子,十二魔仙的弟子,从此都通通在这个世界上彻底消失吧!

奇怪的是,剑飞到老道士的身前倏地停下了,并没有穿过老道士

的心脏。

没有中剑的老道士仰天长啸,声泪俱下,冤冤相报何时了？挂出宝剑两百多年,好不容易盼来了你,以为这次能彻底化解恩怨,没想到盼来的却是这样的结局！握剑之人,为什么放不下心中的欲念呀？慧云,你到死也不会知道,青云通灵从来不杀无欲之人呀！

数月后,老道士出门远行。乘船过江的时候,他把青云通灵扔到了江中的急流里。船上的人都大叫,剑掉进水里了！

老道士马上用一把小刀在船舷上刻下了一串记号,自言自语道,这是我的剑掉下去的地方！

众人望着那刀刻的印记,疑惑不解地问,道士这是在干什么？老道士将一捋胡须,不慌不忙地说,哈哈哈哈,不过是记下了某年某月某日某个时刻,贫道彻底扔掉了一个诱惑。

骑　马

○包兴桐

　　我们不知道,为什么村里没有马。

　　没有马,我们就骑牛,骑羊,骑猪,骑狗,骑鹅,骑凳子,骑扫帚,骑扁担,骑树杈,骑人。有的人,看了大戏,就学着戏里的样子,裤裆一提,手里的竹枝一甩,嘴里喊着"驾驾",就算是骑马了。

　　在这么些东西里面,人是最听话的。两个人只要说好了,就可以互相骑来骑去。所以,我们还是比较喜欢骑人的。早上,会有很多人骑着他的"马"神气地从村子里穿过,他们有的唱歌,有的大声说话,有的嘴里不断地喊着"驾——驾——",可是,一出了村子,一到了上山的路上,"马"上的人就要赶紧滚下来,让他下面的人骑着。刚才在村子里,在大家面前很神气的人,现在只好被他的"马"骑在下面,低着头不说一句话。他知道,还有好长一段山路要走。当然,也可以不当马,但那要帮他的"马"看半天羊或割一担柴。最合算的可能要算阿井,他整天在村里骑着阿开,到了山上,也不用帮阿开做什么,只要愿意让阿开找他五个姐姐中的一个玩就可以了。

　　最不听话的可能要算牛和猪。牛太高了,脾气又大,又喜欢甩尾巴抬屁股,骑在上面,一不小心就会被甩下来;猪喜欢低着头,又会拱,一看有人骑它,它就到处乱钻。骑牛骑猪的人,常常不知道自

己下一步会在哪里。骑牛骑猪实在不是件容易的事，所以，骑着它们也就最神气。我们平时只能偶尔骑一下猪或牛。只有阿管和阿达可以整天骑着猪和牛。阿管他爸爸是猪倌，他家养着一头公猪，壮得像只狼狗，走起路来都是"哼唧哼唧"地响。老猪倌经常赶着那头公猪给人家母猪配种，平时，阿管就骑着那头公猪到处拱。老猪倌说，有阿管骑着，可以让它平时老实些。有事没事，阿管就会骑着他家那头大公猪在大家面前走来走去。大家说，阿管生来就是猪倌的坯子。

骑牛的人要多些，但真正让自己的两只脚整天闲着，却只有阿达一个人。我们只是偶尔爬到牛背上骑一会儿。大人们说，牛是容易被骑伤的。再说了，骑了一会儿，牛们就不乐意了，就要甩尾巴抬屁股。

可是，阿达的那头牛，好像巴不得阿达整天骑着它。它跟阿达真是太好了，大家都说那就是阿达的老婆。

"阿达，你老婆被你养得可真好。"大家看到阿达骑着他的牛过来，就笑着说。

"没办法啊，它娇贵得很，脾气大得很，我不能不把它养得好。"阿达骑在牛背上一晃一晃地说道。大家觉得他这是在故意叫苦。

"你可不要身在福中不知福啊。"大家差不多是异口同声地说，"你看我们的脚，整天要像拐杖一样在泥里水里戳来戳去，你看你的脚，像两根腊肉一样整天挂在牛背上晃来晃去，不挨泥不沾水，多舒心。"

"我就知道，我说了你们也不相信。我这真的叫有苦说不出啊。我现在就差去讨饭了。"阿达说。他座下的那头黄牛睁着大大的圆眼，很温和地看着大家，好像是要听听阿达到底说什么。

"你看，你看，你又来了。再说，只要有这么听话的畜生，你就是

讨饭也神气啊。"

"唉,你们不知道,它现在都成精了。牛嘛,本来就是吃草的,吃素的,可是它倒好,它要喝牛奶,喝肉汤喝鱼汤。最难侍候的是,每天吃饭,每一样菜都要先让它尝尝新。我阿达什么时候这样侍候过祖宗了?这样,我都可以养山魈了。"

"你们不知道,它现在不在牛圈里睡觉,它要到屋里来睡觉,大概是觉得外面不安全吧。现在,它要吃点夜宵才睡觉,它要躺在我旁边才睡觉,要听我说一会儿话才睡觉。"

"妈的,你这小子真是好福气。你那牛,真神了,比人还懂事。"大家边听边感慨。

"你们以为我乐意整天骑着它到处走?也许开始真的是这样,可是,后来,现在,我一点都不想。现在,我最想的是什么时候能安安心心地在家里休息一会儿,拿把椅子坐在院子里看看小鸡啄食,躺在床上看看天花板。可是,它整天要我骑着它这儿走走那儿走走。好像每天都有风景等着它出去看看,每天都有朋友熟人等着它出去见见,每天都有好吃的东西等着它出去尝尝。要是我一天不骑着它出门,它就会在屋里'啪啪'地甩尾巴,然后就踢脚,然后就叫,然后就流泪。所以,我只好每天骑着它走来走去。"

"这牛真神了……阿达这小子……"大家互相低声地说。

"你们不知道……"

不管阿达怎么说,甚至好像要流出眼泪了,大家还是觉得他是得了天大的便宜在卖乖。大家觉得,有这么一头比人还灵性还娇贵的牛,做梦都会笑出声来。唯一觉得他真的值得同情的,是村里小老头阿起。可是,阿起的同情又是值得怀疑的。因为阿起是村里从来没有说过想骑牛的人。

"阿起,你什么时候也找个东西骑一下。"大家常常这样对他说。

"我骑了，我不是整天都骑在我的双腿上吗?"阿起说，"有这么好的两只脚，却那么麻烦地去找那么粗糙的四只脚，我才不干。"

阿起很小的时候就会说这样的话，所以大家都叫他小老头儿。

骑
马

真如住持

○聂鑫森

　　这些年来，无论是车水马龙的城市，还是山清水秀的乡郊，佛寺道观是越来越多了，其中又以佛寺占的比例最大。有的因历史沿革，原本就是著名的佛教圣地；有的只是一个并不著名的小庙，经扩建而有了大气象；有的纯粹是为了增加旅游收入，新辟出的一方丛林。休闲旅游也罢，寻求心灵寄托也罢，真心实意参禅念佛也罢，总之到庙里去的香客和非香客络绎不绝。有寺庙，就有僧、尼，他们走出了一个个的小家遁入空门，所以称为出家人。家的界限，是一条门槛，出家人才又叫槛外人。《红楼梦》中，宝玉在回复妙玉的帖子上自称是槛内人，也就是没有出家的凡俗之人。

　　我居住的这座城市以及周边的乡村和城市，佛寺不少，灵岩寺、华林寺、福严寺、龙山寺、大佛寺、文华寺……名字可以数出长长的一串。如今的寺庙并不封闭自守，而是广结善缘，与社会各界建立了许多联系，修庙塑佛需要人捐助，寺产安全需要人维护，堂殿的匾额楹联、接待室的字画需要人操持，盛大的法事活动需要人报道。寺庙与社会再不是梵呗之声相闻，老死不相往来了。

　　在我认识的本地僧人中，就有灵岩寺的真如住持。

　　灵岩寺屹立在湘江西岸，离城约三十里许。灵岩寺所处的确切

位置叫灵岩岸,始建于唐代,至今有千余年了。寺院倚岸临江,江心有一个很大的洲,叫苇洲。杜甫、刘长卿、左宗棠、彭玉麟、王闿运等历代名贤,都到过灵岩寺,并以诗咏之。但到了20世纪70年代末,只剩下一个格局很小的殿堂,再经近三十年的不断扩建,凿开江岸,一字排开山门、天王殿、摩崖碑刻长廊、万佛殿、藏经阁、罗汉堂、观音殿、大雄宝殿、居士楼,高低错落,参差有序,蔚然成大观。

两年前,也就是灵岩寺大雄宝殿快落成时,记得是一个上午,我正在报社的社会文化部办公室里看稿。

"请问,你是杜主任吗?"

我抬起头来,蓦然发现面前站着一个中年僧人,青灰色的僧衣、僧裤,黑色的僧鞋,面目清癯,头顶上嵌着香疤,两只眼睛清亮如水。

我忙站起来,说:"我姓杜。你是……"

"我是灵岩寺的住持真如,想请杜先生帮个忙,贸然来访,海涵海涵。"

他边说边掏出一张名片递过来,我接过一看,上面印着"中国佛学院硕士研究生,灵岩寺住持真如",还有电话座机和手机号码、灵岩寺网站以及他个人的邮箱。

我忙搬来椅子请他坐下,并给他沏上了茶。

我说:"我去过灵岩寺好几次,是外地同行来访时,我领他们去的,那个地方真不错。"

"哎呀呀,杜主任,你怎么不找我?我们寺的斋宴还是很不错的。"

"不敢惊动你们这些静修之人,看过了,就打马回府了。"

真如的手机响了,他说声"对不起",就轻声地通起话来:"喂,哪位?是惟诚方丈啊,我是真如。贵寺的大铜佛开光大典我会来的,一定来!就不必来接了,我开车去,阿弥陀佛!"

他收了手机，对我笑了笑，说："我们这个寺，硬件也差不多了，宗教局正在为我申报方丈哩。我原在浙江的千佛寺，一眨眼，到这里也有五个年头了。"

我忙向他表示祝贺，并问他有什么事要找我。

他从挎在肩上的一个黄色布袋里摸出几张照片，说："我们寺的大雄宝殿快落成了，门外的廊柱和殿内的檐柱上，对联是不可少的。杜主任，我们读过你不少的旧体诗词，知道你是这方面的行家，想请你拟一副对联，好吗？"

我接过照片，都是关于大雄宝殿的，拍得很壮观。

"是你拍的？"

真如点了点头，说："是数码相机拍的，一千万的像素，还算清楚吧？我已经拜访过文艺界的一些专家了，他们都答应帮忙，杜主任您千万别推辞。"

我说："我来试试吧。"

"杜主任，五天后是星期天，上午八时，请到市中心等候，我会带一辆中巴车来，把各位先生接到寺里去，还有宗教局的领导，一起评选对联，顺带吃个斋饭。"

真如说得很快，说完了，站起来双手合十告辞。

我把真如一直送到新闻大楼外的停车坪里。真如的车是一辆银灰色的"捷达"，很富态的样子。他朝我挥了挥手，拉开车门坐了进去，轻轻按了一声喇叭，车轮子就转动起来。

我之所以爽快地答应为大雄宝殿拟对联，一是出于爱好，二是想为佛门做点"功德"。我很快就把对联写好了：

岸边津渡，滩头渔火，江流下洞庭，庄严道场千年犹盛；

云外钟声，风里烛光，沧桑阅人世，悲悯襟抱万法皆空。

五天后，我们乘坐由真如亲自驾驶的中巴车到了灵岩寺。他的

车开得真不错,不但可以边开车边和车里人聊天,还可以毫不碍事地接打手机。

在评审对联时,真如总是让宗教局的领导先说,然后才谈一些自己的看法,对联的内容是否合乎佛学大义,平仄是否贴合,都能说到点子上,他是真懂。

快到中午时,对联评选完了。真如连忙打手机,只说了一句话:"你可以来了。"

不一会儿,一个年轻的僧人走进了会议室。

真如站起来,介绍说:"这是我的得力助手了然师父,也是中国佛学院的硕士研究生。"

了然向大家微笑点头,他的手里拿着一沓信封,绕着大圆桌在每个人面前放一个。

真如说:"各位先生辛苦了,这是寺里的一点小意思。"

寺里居然也发红包?

大家都觉得有些愕然。宗教局的领导同志忙说:"收下吧,是局里安排的,一点辛苦费。"

真如立即接上话:"对,对,对,是局里安排的。大家请去用餐,斋饭早已备好了,请!"

此后,真如和我有了密切的联系,隔三岔五,会把一些他拍的灵岩寺的风光照片和他写的一些吟咏灵岩寺的旧体诗词发到我的邮箱里。我当然明白他的意思,断断续续挑选一些发表在副刊上。他拍照片喜欢用仰视的角度,于是那些楼阁殿台显得很高大;他的诗词,俗世情怀似乎多了些,看不出是出家人写的。

半年后,大雄宝殿落成暨开光大典隆重举行。真如又打电话,又发电子邮件,还叫了然专门送来了请柬。我原本是要去的,但那天报社有个重要会议,终究没有去成,我另外派了记者去采访报道。

第二天,我听参加大典的同事说,真如的心情不怎么好,因为省佛教协会在申报方丈的评定中,真如没有评上,似乎是"戒""定""慧"的功夫还差些火候,只能有待他日后的修行了。

但灵岩寺的香火却越来越旺了。

奇怪的是,真如很少给我打电话、发电子邮件了。

有一天,了然忽然打了个电话来,说真如在半个月前突然失踪了,他现在暂时代理着住持的职务,寺里不可一日无主啊。我问这是怎么一回事。了然告诉我,那天傍晚,真如忽然接到省城的一个电话,说是要给寺里赞助三台手提电脑,让他开车去取。真如没说是谁打的电话,只对了然说我去了,最迟明天中午回寺。到了第二天中午,真如没有回来,了然打他的手机,手机关了。了然忙向公安局报了案,又在网上发出了寻人的帖子。了然认定真如是被谋害了,一辆捷达车,三台电脑,还有他揣在身上的一个存折,里面有寺里的三十万元钱(钱是第二天上午被取走的)。

一个月过去了,半年过去了,真如像在人间蒸发了一样,活不见人,死不见尸。难道他真的被人谋杀了,而且谋杀得不露半点痕迹?再说,真如是一个很了解世俗百象的人,他为什么会傍晚长途开车去取电脑?为什么不带个僧人同往?我知道这样推测是一种罪过,总之真如理所应当是被人谋杀了。那么,灵岩寺死了个和尚,天竺国多了位如来,幸甚善哉,阿弥陀佛!

有一次,我领几个外地友人去灵岩寺参观,一入山门,迎面碰到了然住持。酱黄色的僧褂,洁白的僧袜,灰色的僧鞋。他好像胖了不少,腹部滚圆。了然合掌致礼:"杜主任,好久不见,请到会客室喝茶!"

我说:"不打扰了,下次吧。"

"那就下次、下次。"

“真如住持有消息吗?”我忽然问道。了然双目低垂,但眼角的那一抹余光,很亮。

他说:“一直没有……没有……阿弥陀佛。”

我 的 中 考

○邢庆杰

临近中考的前几天,是个上午,班长对我说,李老师让你去一趟。

自从我的成绩滑下来,李老师从没有找过我,快考试了,找我干什么呢?

带着疑问,我忐忑不安地走进了李老师的办公室。

李老师很瘦,有点儿驼背,五十多岁了,但视力尚好,一直没有戴眼镜。他面色平和,示意我在他对面的椅子上坐下来。我这才松了一口气。

李老师问,这次中考,你觉得有把握吗?

我低下了头,最近的几次测验,我都是倒数七八名,别说考上,连及格的可能性都没有。

李老师又说,如果你觉得没希望,就不如不考,你的成绩实在是差得太远,不可能有奇迹发生的。

我疑惑地问,为什么不考?

李老师微微一笑说,如果不考,你可以为家里省下五块钱的卷子费和考试费。你想想吧,反正也考不上,何必浪费这个钱呢?

我一听,觉得李老师说得太有道理了,要知道,1986 年的五块钱几乎等于现在的五十元呀!

我很干脆地说，那我就不考了。

李老师让我在一张表格上签了个名，当即从抽屉里拿出五块钱给了我。

走出办公室，我想，李老师真不错，知道我考不上，连五块钱的卷子费都给我省了。

回到家里，我没有提退回五块钱的事，为的是能自由支配这笔钱。到了考试的那一天，我像往常一样来到了学校。

我们的教室作了考场，整个校园都静悄悄的。我无处可去，只好背着书包走出学校的大门，来到操场上。

宽广的操场上空无一人，我独自在篮球杆附近徘徊，觉得孤独又无聊。树上的蝉开始叫了，这更增加了我的烦躁。不知为什么，明知道自己考不上，可看到整个学校的学生都在考试，而只有我一个人置身事外，总有一种落寞的感觉。

忽然，我听到有人在喊我的名字，左右环顾，发现声音来自学校的院墙上。喊我的是全班的第一名（倒数）马连军。马连军喊，哎，傻青，在这儿转悠啥呢？

我一喜，问，怎么，你也没考？

马连军没接我的话茬儿，而是诡秘地冲我一笑说，快到宿舍来，有好事儿。

我来到全校唯一的一间宿舍里。一进门，发现屋里人不少，全是些调皮捣蛋的货色。我明白了，这些人全是被"照顾"了的。这间宿舍平时白天总锁着门，看来今天是为了收容我们这些难民而法外开恩了。有了难友，我的心情不再那么沉闷了，高兴地加入到他们打扑克的行列里。我们来的是"大跃进"，六个人，只要一个人赢了就算一把，输了的五个人都拿出五毛钱。那是我第一次，也是迄今为止的唯一一次赌钱，当时觉得既开心又刺激。快中午时，我的钱已经输得精

光,这时,心里才有了一点点的后悔。

我们中个头最大的刘星忽然将手中的牌一摔说,不玩了,不管是赢了的,还是输了的,都把自己的五块钱全拿出来。桌子上一下扔了很多零票,赢了钱的全退了回来,六个人整整凑了三十块钱。刘星将钱一卷,往兜里一塞说,走,出去喝一顿。

我们来到学校门口的油条铺。学校是在村里,没有酒楼饭店,校门口的油条铺是唯一能吃饭的地方。我们要了点儿花生米,炒了几个青菜,打了点儿散酒,就像模像样地喝起来。那是我第一次喝酒,几口下去,有点儿晕,但那滋味儿有点儿舒服。我说,真是多亏了李老师,要不,我们哪来钱喝酒呀?

马连军马上说,错! 这是我们自己的钱,不用感激他。

刘星喝得猛了点儿,脸和眼睛都已经红了。他嘴已经不利索了,但还是他的话最多。他搂着我的脖子,满嘴喷着酒气说,你知道李老师为什么不让我们考试吗?

不等我回答,他又接着说,他不是为了给我们省钱,他是为了自己。今年的中考评比,不比考中的人数,而是比参加考试的人数和考中人数的百分比,我们这些注定考不上的累赘不考了,那他的百分比不就高了吗?

其他几个人一起说,对! 李老师就是把我们当包袱一样给甩了!

马连军举起杯来说,难兄难弟们,我们分别在即了,为了被抛弃而干杯!

干! 干! 干……

我们都喝醉了。我和马连军抱头痛哭。

清醒过来之后,我们都明白,我们都是绝对没有希望考上的,让我们抄袭都抄不对。但被婉拒在考场之外,尽管有那诱人的五块钱,我们仍然难受。为什么难受? 天知道。

射中良心

○余飞鱼

　　漫川在万山丛岭中,是个小镇。小镇东边,是一座山峰,山腰上有一带粉墙黛瓦,在向晚的暮色中,那里有钟声传来,当当地响。

　　那儿有一座寺庙,叫南岩寺。

　　那时是个乱世,土匪时时出没,不止抢民家、抢官府,也抢寺庙。南岩寺也遭到过土匪的光顾。一次,土匪们没抢到东西,很扫兴,一把火将南岩寺点将起来,如不是和尚们救得快,偌大一寺,只怕已经夷为平地了。

　　南岩寺方丈空禅师迫切地感到,寺里应组织一批僧人,练武自保。

　　和尚不缺,可缺教练。

　　空禅师决定,向外面聘请教练。

　　一日,有一个汉子上门,一脸胡子,背着个斗笠,进门一作揖,自我介绍说叫龙海,十八般武艺样样精通,尤其是祖传箭法,百步穿杨,百发百中。

　　空禅师让茶,然后捻着念珠,半天问道:"你知道张一刀吗?"

　　龙海点点头。张一刀谁不知道? 此地方圆几百里有名的大盗,仗一柄刀,领一群土匪打家劫舍。这家伙射得一手好箭,说射你左眼,绝不射右眼,只是很少有人见到他本来面目,他抢劫时,总是以黑巾遮

面。

最近,张一刀不知怎么的,看中了南岩寺,想占住这儿,落草为王,所以给空禅师来了一封信,让空禅师交出寺院,不然,就血洗寺院。

这也是空禅师组织僧人、聘请教练的原因。

空禅师说出张一刀的名字,关键是为了点醒龙海:你估量一下,看你的能耐有张一刀厉害没有,如果没有,趁早另作打算,别枉自送了性命。龙海大概也看出禅师的不信任,笑了笑,拿过一个僧人手中的枣木棍,舞得风车一般,呼呼生风,同时,让两个僧人朝他身上泼水,结果,身上没有一点水星,唯有鞋上湿了一点。

龙海一笑说:"是吗? 再仔细看看。"

大家听了,近前一看,原来是鞋子上面破了个小洞。大家不由得鼓掌叫好。

但是,空禅师仍皱着眉。张一刀的箭法太高明了,空禅师怕龙海对付不了。

龙海撇撇嘴,不屑一顾道:"你放心,有我在这儿,张一刀不来便罢,来了,我只需一箭,让他从此不再说话。"龙海不这样说还罢,这样一说,空禅师更是大摇其头。

正在此时,空中一只鹰飞过,追赶着一只飞鸟,不一会儿抓住了,空中羽毛纷飞,惨叫声声。龙海一笑,抽一支箭,搭上弓,扯圆了,喊一声"着",在众人惊叫声中,两只鸟儿一起落下来,掉在空禅师面前。空禅师见了,连声念阿弥陀佛,道:"一箭两命,罪过啊罪过。"

原来,空禅师怪龙海杀生。

如果不是其他和尚纷纷求情,当时,空禅师就会让龙海下山。最终,看在大家的面子上,空禅师勉强留下他。谁知,那天下午,龙海的箭就派上了用场。

下午,突听一声呼哨,一队土匪冲到庙外,一个个举着刀枪,杀气

腾腾的,放出话,让庙里交出财物,不然,一把火烧了南岩寺。龙海听了,高兴了,英雄有了用武之地。他拿刀挟弓冲了出来,一抬眼间,看到一只苍蝇落在当头那个土匪头子的鼻尖上。这个家伙挥动着手,赶了几次也没赶走。龙海一笑道:"兄弟,别动,我给你赶。"当苍蝇再次落在那人鼻尖上时,龙海一侧身,拉弓放箭,喊声"着",一支箭贴着那人鼻尖飞过,那只苍蝇不见了。

那群土匪发一阵呆,叫了一声,一哄而散。

空禅师见了,走过来,连连宣着佛号道:"阿弥陀佛,居士,你过关了。"

龙海疑惑地望着他。

空禅师满眼慈悲道:"箭是死的,良心是活的,你没射他们,有佛心啊。"空禅师拉着他的手,长叹一声:"人不是走投无路,谁干这个啊?"

龙海呆呆地站在那儿,良久,突然跪下,道:"大师,我……我就是张一刀啊。"

原来,张一刀给了空禅师信后,听说空禅师聘请教练指导武僧,他马上想出一法,改名龙海,试图当上教练,然后里应外合,夺下寺庙。当空禅师不想让他留下时,他想出一法,捎信让手下人来冲击寺庙,然后自己作为一个保护者出现。这样一来,还怕空禅师不留他?

他当然不能射自己的兄弟,而是灵机一动,射中苍蝇。他却没想到,空禅师用一番慈悲语言,射中了他的良心。

不久,他解散了手下,只身来到南岩寺出家,拜在空禅师座下,佛号智藏。

甘 草 汤

○张国平

烈日当空,大地炎炎,徒步行走在赶考路上的学子赵一戒和王崇文嗓子里似有火燎。前不着村后不着店,想讨口水喝都难,哪还顾得上饥肠辘辘?

这年大旱,民不聊生,树叶被捋光,树身也千疮百孔。王崇文望着荒无人烟的山坡一声感叹,天将降大任于斯人也,必先劳其筋骨,饿其体肤。赵一戒一屁股蹲在地上苦笑,这鬼天气真要人命,无水喝无饭吃,你我生死未卜,还发什么感慨啊?王崇文忙拉一把赵一戒说,苦尽甘来嘛,走过这段路我们定会一片光明。赵一戒垂头丧气地说,要走你走吧,我是不行了。

不走不是等死?王崇文劝赵一戒,可赵一戒说什么也不愿走了。王崇文向前望一阵说,看,前面好像有人家,我们有救了。赵一戒连忙爬起来问,在哪儿?没有呀。王崇文说,是你没看见,你只管跟我走。

其实王崇文是"无中生有",骗赵一戒继续前行。但翻过山坡果然看到一座破庙,不过走近一看不禁大失所望。破庙残垣断壁,早已没了香火,孤零零地坐落在那里。两人探头朝破庙里看,竟然有一人四仰八叉躺在里面,再近看,鼓囊囊的希望又成泡影——原来是个老乞丐,蓬头垢面,破衣烂衫,旁边扔一空铜碗。

抱着试一试的心态,赵一戒问,附近可有人家? 老乞丐半睁着布满眼屎的眼说,死的死逃的逃,哪还有什么人家? 赵一戒说,我们有的是银两,如能弄到吃的,我们给足银子。老乞丐苦笑着说,这里前不着村后不着店,找吃的难啊。

王崇文忙说,只要是吃的,好赖都行。大叔如能救命,我兄弟二人终生难忘。王崇文又说,我们赶考遇到难处,如能渡过此难,今后发达定不忘救命之恩。

老乞丐见二人态度诚恳,懒洋洋地起身说,前面有一小河,水不成问题,只是吃的就难说了,我帮你们去看看吧。

老朽不图回报,救人一命胜造七级浮屠。老乞丐边朝外走边说,二位稍等,我试试看。

老乞丐去了半晌才回来,手捧一碗水,破烂的衣衫里兜着一包东西。赵一戒兴奋地问,找到吃的了? 老乞丐说,找到了,二位稍等,我去烧饭。赵一戒要去帮忙,老乞丐摆手说,你鞍马劳顿暂且休息,我自己去弄。

赵一戒哪等得及? 偷偷去看老乞丐做饭。只见老乞丐用黑乎乎的手指抠碗边上的饭巴,抠完了便展开衣衫,露出一堆圆溜溜的东西。赵一戒以为是红薯,馋得要流出口水,忙走近偷看,一看满胃酸水泛上来——那哪是什么红薯,原来是一堆干巴巴的驴粪。

赵一戒跑出庙外好一阵呕吐,东西还没吃进去,胃里的东西反而吐了个精光。

老乞丐煮好饭兴冲冲地说,二位吃吧,美味甘草汤,喝下这碗汤,二位定金榜题名。赵一戒说什么也不吃,倒是王崇文喝得甜美,一边喝一边说,好香好香。赵一戒越发恶心,跑出去又是一阵呕吐。

等赵一戒再回来,王崇文已将那碗饭巴驴粪汤喝了个精光。赵一戒想说出来,见王崇文还美美地抹着嘴巴,只得把嘴边的话又咽下去。

王崇文继续踏上赶考的路,而赵一戒少气无力瘫成一堆泥,听天由命躺在破庙里。老乞丐拿了赵一戒的银两,第二天才领来搭救的人。赵一戒虽然得救,却身体虚弱,大病一场,三个月后才返回小城。

赵一戒刚进城门,便听到一阵锣鼓和鞭炮声,一问才知道王崇文进京赶考中了状元。论学问赵一戒和王崇文不相上下,赵一戒如能如期到京,状元还说不定是谁呢。赵一戒好后悔,无颜进家面对父老,于是扭身出城,登山进了寺院,当了和尚。

王崇文从此飞黄腾达,最终官至吏部尚书,成为小城北街走出去的八位尚书之一,为百姓做了许多善事,深得朝廷青睐和百姓爱戴。

王崇文在朝廷当差五十余年,直到七十二岁才告老还乡。

王崇文携一家老小还乡途中见庙就磕头见寺便烧香,以祈求终生平安,一家和美。这天王崇文见山腰有一寺院,便带一家老小登山拜佛。

一家人烧香拜佛,默默祈祷。王崇文刚要离去,老住持却说,施主留步,敢问施主是不是当朝王尚书?王崇文忙答,曾在朝中当差,如今是平民百姓。

老住持问,你知道我是谁?见王崇文目瞪口呆,老住持说,老朽法号空尘,俗名赵一戒。

哎呀!王崇文吃惊道,多年杳无音信,原来你入佛门修炼了啊。

于是两人品茶谈禅,追忆往事。空尘住持谈到那年破庙之事时问,你一生飞黄腾达、荣华富贵,但可曾知道那碗甘草汤之辱?

王崇文微微一笑说,无所谓飞黄腾达,也无所谓荣华富贵,只不过想辅佐朝廷造福百姓罢了。

凡尘之事我不如你,但没受那汤之辱也算幸事。

空尘住持接着说,其实那碗汤是……

不说也罢不说也罢。王崇文忙摆手说,佛界不是有一句话叫心静

风止吗？那一刻我信念在胸，管它什么汤，只要能送我进京赶考就行，我就只当它是美味甘草汤。

空尘住持微闭双眼，沉思了好一阵才双手合拢说，善哉善哉，你才是真佛，我修炼一生也未能达到你的境界啊。

半夏和尚

○刘春燕

半夏和尚被住持赶出来了。

半夏和尚原本不是和尚,属半路出家。

半夏和尚好吃懒做,家徒四壁,空无一物。他一点儿也不悲观,说:"这样多好,省得费心去打理那些无关紧要的东西。"妻子良氏,颇为貌美,村里的陈生对她觊觎已久。一日瞅着半夏不在家,便来他家,花言巧语,并欲非礼良氏。良氏大声叫人,陈生吓得溜走了。

晚间,半夏和尚至家。良氏哭诉,要他去找陈生论理。他往床上一歪,慢悠悠地说:"你这不是好好的么? 他又没得逞,我去找他干什么? 不是平生事端吗?"说完就往被子里拱:"别扰我睡觉了。""妻子差点被人玷污,做丈夫的却懒得去找人家出这口恶气。这样的丈夫要着有什么用?"良氏气得回了娘家。

半夏和尚睡了六天。睡得天昏地暗,饿得日月无光。看着空空如也的家,他突然想去当和尚。做和尚多好,无忧无虑,寺庙里还有吃的,没有了就去化缘。

没想到他刚进寺庙几个月,就被住持赶出来了。说起原因,半夏和尚觉得十分委屈。

那日,半夏和尚无聊出来行走,至一偏僻山坳,瞥见一樵夫躺在那

儿。樵夫上山砍柴,不小心从一块岩石上摔下,腿摔伤了,血流不止,挣扎着爬至山坳。终见人来,还是个僧人,喜极呼救。半夏和尚慢腾腾地蹲下来,你受伤了?

樵夫点头:是啊,幸而僧人路过,还劳您背我下山。

半夏和尚说:伤得这样严重,背下山也不知救不救得活,还是别白费力气。他站起身,悠然远去。后来,樵夫被又一过路者救走。

这事传到住持耳中,盛怒之下把半夏和尚逐出了寺门。

半夏和尚不明白自己错在哪儿,懊恼地挠着头。

他漫无目的地走着,突然瞥见前面一个山洞,他好奇地走了进去。

洞内开阔,黑黑的岩石,像一个乌龟壳。突然他发现一块岩石上有个细小的泉眼,一滴,一滴……但滴出来的不是泉水,是一粒粒白花花的东西。他拿在手中碾了碾,又用牙齿咬了一下——竟是大米!

半夏和尚笑了,真乃天无绝人之路啊,没想到我凭空得了个米斗。

半夏和尚惬意极了。每天把泉眼漏出的米接在斗里,拿到家里做白米饭吃,那米又香又纯,半夏和尚还从没吃过这么好的大米呢。他吃饱了就睡。不过,很快半夏和尚就不满意了。泉眼每天漏出的米,不多不少,刚好够他吃一天的。他想,若是漏米岩再多漏些米,自己不就可以用米换点酒肉吃吃了吗?甚至可以雇个丫环伺候自己。

半夏和尚盯着豆芽粗的泉眼,想出主意来了——把泉眼凿大一点,米落得不就多了吗?

他拿来锤子、凿子,"咚咚"地干开了。不消半个时辰,泉眼已有碗口那么大。

只是,漏出的米并没增多而且竟带着壳,也就是说变成谷粒了。

这样,半夏和尚每天多了一项工作:臼米。臼得他手酸背疼,但还是只够自己吃的。

半夏和尚不耐烦了。他恨恨地盯着碗口大的泉眼,我索性敲了

你,挖到你的源头,看你出来的是米还是谷粒。

半夏和尚又"锵锵"地敲起来。

整块岩石被敲落了。

半夏和尚一看,深处仍是豆芽粗的泉眼,细细地落下的,再也没有米,连谷粒都不是了,而是变成寻常的泉水了。

晶莹的水滴,一滴,一滴,叮咚,叮咚,在旷寂的山洞回响。

半夏和尚绝望地瘫坐在地。

无 衣

○何一飞

小姐,有人要见你,小青说。

无衣正在入定,不睁眼也不答话,手中的拂尘一摆。往常小青见了就会走,可今天没走,她说,来人是昨天演讲的书生。听说是书生,无衣睁开了眼睛,脸上有了一丝惊讶,一丝细细的喜悦。

你把他领到水云轩,我更衣后过去。

见到书生是一个偶然。那天无衣和小青上街,眼见水镇戏台前人潮如云,群情鼎沸,便好奇地走了过去,却是一群大学生做抗日演讲,为救国募捐。演讲的是一个神采飞扬的书生,双手握拳上举,厉声疾呼:同胞们,起来吧! 若道中华果亡国,除非中国人尽死! 书生的话像一记重拳,无衣当时就叫小青把身上的钱全捐了,想想,觉得还不够,把身上戴的玉镯金链也捐了出去。

无衣到水云轩时,书生正在用茶,看到无衣便站了起来。无衣见过的人多了,今天见了书生,内心却有一种异样感觉,遂轻言说,请坐吧,不知你为何而来。

昨日小姐慷慨捐资,在下心中钦佩不已,听旁人说起,才知小姐原来竟是琴中圣手的无衣姑娘,冒昧上门,只愿一睹非凡琴技。

无衣见书生谈吐得体,甚是欢喜,问道,你要听哪一曲?

人生一知己,肝胆两相照。书生豪迈而温情地凝视着无衣,烦请来一曲《高山流水》。

听了书生的话,无衣心中暗暗感动,于是说你请喝茶,无衣这就焚香为你弹上一曲,以慰知音。话毕叫小青燃起檀香,揭开琴架上的琴衣,只见那琴通体墨绿,古朴之至。无衣说这琴名惊涛,唐代名匠所制,数年前曾有日本人强购,为我所拒。说完,纤手一拨,清音毕至。一曲《高山流水》,初时空山寂静,似有山泉由山涧淌出,一滴一滴,跌落深潭之中,回声响彻空山。渐渐幽泉出山,风发水涌,波涛之声隐约可闻。随后更有巨浪急流汹涌而起,险滩漩涡处处可见,使人目眩神移,惊心动魄。最后,水流归海,境界突然开阔,一片汪洋浩渺景象。

听完无衣的《高山流水》,书生情不自禁地击掌赞叹,琴德、琴道、琴境、琴技浑然天成,纵使伯牙再生,也不过如此了。又说,我明日就要奔赴抗日战场,听得你这一曲,就是战死沙场也无憾了。

书生走的时候,无衣依依不舍地送他到门口。无衣说,我等你,我等着一个英雄归来。

无衣为书生的回来设想了许多种方式,就是没想到他一年后会这样回来。

书生是带着鬼子回来的,回来的书生已是日军的翻译官。

书生终于来了,无衣不开门。无衣隔着门说,你有脸见我,我无颜见苍天。我梦里马革裹尸的英雄儿郎,原来却是天下人唾弃的汉奸,你滚!

听着无衣的斥骂,书生走了,走的时候书生说小野太君明天来听琴。

无耻!来吧!你们来吧!无衣内心满腔仇恨,她觉得自己是一颗愤怒的子弹,渴望射击。

小野是在一干军官和书生的陪同下来到水云轩的,沐浴一新的无

衣见了小野,心下一惊,原来是他?

无衣姑娘,故人来访,可有好茶?小野皮笑肉不笑地说。

原来是你啊,坐吧。无衣的声音非常冷,书生看出了无衣眼里的鄙视和诡谲。小野一行入座之后,无衣叫小青将门窗细细关严退出,这才将香炉里的几炷大香点上,霎时一股似檀香又不似檀香的香味溢满房间。

小野,听琴是假,惊涛才是真吧。无衣一语点破,又说,多年前强购不成,今日仍惦记着?

无衣姑娘冰雪聪明,小野虚伪地笑道,惊涛的,我的大大喜欢。

既然你喜欢,那就送你吧。不过,可否容我再弹一曲?

也好,无衣姑娘琴中高手,我们先饱饱耳福。小野一副颐指气使的表情。

无衣揭开琴布,却不弹,慢慢将茶泡上,也不管小野他们,只管自己慢慢品着说,你们自饮自斟吧。这茶约喝了半个小时,无衣方在铜盆里净过手,也不将手上的水揩干,将琴弦一拨,几滴水珠随着"铮"的一声四射开去,琴声余音若繁星不断,又如流水不绝。无衣双手抚琴,边弹边歌,琴声慷慨,歌声激昂:

岂曰无衣?与子同袍。王于兴师,修我戈矛,与子同仇!

岂曰无衣?与子同泽。王于兴师,修我矛戟,与子偕作!

岂曰无衣?与子同裳。王于兴师,修我甲兵,与子偕行!

一曲过后,无衣说,小野,你听出了我中华儿女同仇敌忾的心声了吗?蕞尔东洋如蛇,我泱泱中华如象,蛇如何能吞象?除非痴人说梦。

听了无衣的话和同仇敌忾、壮怀激烈的琴曲,小野怒上心头,"八格"一声,拔出军刀起身径往无衣刺去。

书生没想到无衣刚烈如此,见小野拔刀刺无衣,来不及细想便挡了上去,锋利的军刀不偏不倚正中他的心窝,一缕鲜血渗了出来。无

衣……书生似要说什么,然而只喊了这二字便声息全无。无衣见此情景,坚硬的心忽地一软一痛,双手用力将琴一拨,只听"当"的一声,琴弦尽断,嘴里一口鲜血喷出。

无衣怒视着小野说:"房内的香好闻吧? 这香里裹的是砒霜。小野,我早已抱了必死之心,水云轩今天就是你们的葬身之所。"

"琴在人在,人亡琴散。只要我有半口气在,你休想将琴带走。"

说毕,无衣挣扎着使尽全身力气将头向古琴撞去,只听"嗡"的一声,古琴裂成两半。

四溅的鲜血如梅花怒放,醒目而耀眼。

就在这一天,新四军湘南抗日支队对水镇发起攻击,在地下组织的配合下,攻占了水镇。

还有一件事,抗日支队授予书生烈士称号,为他和无衣举行了隆重的葬礼,将二人合葬一处,远远看去,那墓极像一架凌风傲骨的古琴。

昂首挺胸

○李蓬

王爷这几天心情很不好。他屡次为朝廷排忧解难,可以说,除了前朝开国元勋外,本朝就数他功劳最大。但是皇上看他越来越不顺眼,对他横挑鼻子竖挑眼,可一遇到事情又要他出面。王爷有心不管,却怕皇上怪罪,想管又怕更加激怒皇上,真是进退两难。他心里明白,这是功高震主。思来想去,王爷决定派师爷去找多索大师想个法子。

老半天,师爷回来了,却是一人去一人回。师爷告诉王爷:"多索大师要您亲自去金佛寺见他。我对他说这样不合适,他居然说,是您想见他,又不是他想见您。"

王爷心头大怒,派去的人是师爷,他居然敢不来。师爷又说:"多索大师说了,他本来准备今日云游,为了王爷决定明日动身。王爷若想见他,就只有今天下午,过期不候。"

王爷几乎是咬牙切齿地说:"好,我去见他!"王爷想多带些人去。师爷劝他:"人多了恐怕会节外生枝。"

于是,王爷仅带了几个随从前往金佛寺。进了寺门,他看到多索大师正站在菩提树下张望。王爷忍不住说:"好你个死秃驴,居然敢跟本王摆架子!"

多索大师一言不发,转身进了禅房。

王爷只得跟进去，几个随从也连忙跟过去。守在禅房门口的和尚说："只许王爷进去，其余之人皆随我去知客堂小坐。"

王爷无奈，只得朝众人挥挥手。守门的和尚便带着随从离开了禅房。王爷说："好哇，皇上对我不满，你居然也趁火打劫！"

王爷说着，便迈步朝禅房里走。不巧，禅房门框上方掉下一根木棍，正好打着王爷的额头。王爷顿时感到额头火辣辣的，伸手一摸，额上已经凸起一个大包。王爷大怒，伸手要扭断木棍。

多索大师说："王爷千万不可，一切都要顺其自然。"

王爷说："破木棍都不能动吗？"

多索大师说："既已存在，必有存在的理由。"王爷没听明白，但知道和尚爱弄玄机，问也是白问，倒不如不问。他伸手想推开木棍，结果发现，木棍右端固定在禅房右边门框上，左端用一根细绳吊着，绳子系在多索大师所坐的椅子上，木棍就自然高高悬起。王爷进去时，多索大师一松绳扣，木棍就掉了下来。若是往前推木棍，木棍必然折断。王爷只好用手将它往上抬。

多索大师说："别动它，就直接进来吧。"

既然不能用手动它，王爷遂径直往里撞，想用身子挤断它。

多索大师说："王爷可别为进禅房而弄断了木棍。"王爷顿时怔住：木棍齐额，自己没法跳过去；既要进去，又想让木棍完好，就只有弯腰而入！他沉吟良久，终于咬着牙，低头钻了过去。

多索大师见王爷脸上露出愤愤的神色，摇摇头说："难怪皇上对你心有所忌……"

王爷不解："这与皇上心有所忌有何关系？"

多索大师说："你头昂得高高的，别人难免会认为你趾高气扬。"

王爷顿悟。他朝多索大师施了一揖。多索大师连忙弯腰施礼，嘴里说："阿弥陀佛，我要是受了你这一礼，你也难免会认为我趾高

气扬……"

　　王爷叫随从跟自己回王府。大家见王爷额头居然给打肿了，都大惊，忙问原因。王爷笑笑："没什么，回去吧。"

　　第二天，王爷去见皇上。礼毕，皇上吩咐王爷抬头叙话，王爷才抬起头来。皇上有些奇怪："御弟的头……"

　　王爷恭恭敬敬地说："承蒙皇上问及，昨天被高僧当头棒喝。"

　　皇上大笑："从来棒喝也是有所悟，而非有所伤。也罢，你还是回府安心养伤吧。"

　　这次，王爷的目光没再直视皇上，而是躬身而退。事后，听皇上的贴身太监说起，那天皇上不知怎的，特别高兴。

一个橘子

○陈敏

我和墨仔结伴登顶,我们的目的地是云积山。

可墨仔刚爬了一半的路就崴了脚,只能在半途中等我。他知道我的脾气,不登上顶是绝不甘休的。

到达另一个山头才得知要到达云积寺还有八九里的路程。我正为自己压缩时间,想着早点登上顶峰时,却意外地遇见了那个回寺的老和尚,我们结伴而上。

和尚和我颇投缘,他的法号叫海心。海心这个名号,一听便知道与他曾经经历的某些情感有关。芸芸众生,颇多烦恼,但凡出家之人,多因情感所累而走上此道。其实早在山下,我们就听说了老和尚的故事:他曾经有一个长相如同白娘子一样的女友,只因情感遭遇重重阻力而最终未能遂愿,那女子万念俱灰,削发为尼,他也随之遁入空门。一路上我都在想,同在一个时空的两个人,不知道对方何在,却可以感受到对方的存在,这需要经历怎样的内心挣扎呢?我显然想知道答案,想知道他为何要出家,但却不能直接问他,那可能是戳他的伤疤,那些伤心往事可能会让他更难过。

老和尚好像看透了我的那点小心思。他说:一个人为何要出家和一个人为何要自杀是一个道理。人为什么会自杀呢?是因为实际上

的爱与自己内心中编织的完美梦境出现了大的差异,他或者她不想清醒地面对那种环境了,所以走上了自杀的路,出家也是一个道理。

和尚的话让我心头云遮雾罩的。这出家和自杀怎么会联系到一起呢? 我问和尚:这些年来,你一定参悟出了不少的佛法? 和尚说:佛法大而无边,僧人如此之多,说哪个僧人参悟出了佛法那纯属妄言。其实僧说的佛理很多是因人而异的,这不是佛经本身有问题,而是各自的沉淀不同,认知的结构不同,解释出来的结果也就不同。佛说一花一世界嘛!

老和尚停顿了一下继续说:佛法上从没说过一个人不可以去爱、去恨,不可以去累。我赶忙接过话题,问:既然你已经参透了人生的结果,那何必要来受这份清苦? 他说:说高雅点,是无尘无忧无嗔,说低俗点,就是百分百的逃避。我出家就是为了逃避。

既然话已说开,我又进一步探问他有没有再去寻找过她,那个做了尼姑的白娘子,知不知道她现在在哪里。他说尘缘已尽,何必去找寻呢? 找到了又能怎样? 还不是再去还原一回那原有的苦痛? 其实,人世间有一种爱是不需要得到的,放在心里就够了。

他望着蔚蓝的天空,说:人的一切幸与不幸、烦恼和痛苦,都是自己的事,没有谁强迫你做什么,一切都是自己的选择。这次我好像听明白了老和尚的话。

我们一路攀谈着登上了云积寺。这是一个较大的山庙,由五六间院落组成。

寺庙的院子被海心师父打扫得干干净净,只是看不到任何食物,可想而知,海心师父的生活很艰辛。海心师父拿出唯一的橘子招待我,看到他眼下的清贫生活,我实在不忍心去吃,在他的一再推让下我还是把这个橘子给吃了。口干舌燥的我觉得这个橘子是如此的甘甜解渴,比世界上任何美味佳酿都更合我意。

海心师父带我在寺庙的前后走了一遍，一路上来，见云卷云舒自在脚下，飞鸟往来穿梭林间，松风涛影，清爽宜人！原来最美的风景竟然在最后。海心和尚选择这样的生活也不失为人生的一大美事。

谢过海心师父后，他目送我下山离去。

翻过两个山头，就看见急不可耐的墨仔。我连忙告诉墨仔山上如画的风景和老和尚给我吃的一个橘子。墨仔惊讶地瞪着我，说：我在帐篷里看见上山途中汗流满面的老和尚，就塞给他个橘子，让他在路上解渴，怎么让你给吃了呢？

我瞬间有掉眼泪的冲动。我想，我吃下的不是一个橘子，而是一个可以净化心灵的圣果。

布 局 者

○江泽涵

　　他自幼迷恋围棋,立志成为棋道大宗师。祖上积累殷实,所以,三十个年头,他可以一心沉浸围棋中。棋艺精深,罕逢敌手。

　　后来,他认为出门找对手挑战费财费力,遇上高手,没个两天两夜分不出高下。况且棋道高手斗棋,犹如武林高手决斗,数招内能判出胜负才是上乘。于是,他花了十年心血,布成了一个珍珑棋局。

　　珍珑,珑谐音笼,谓精致如笼子一般不可破解。

　　棋局一出,果然引起轰动,他只需等着对手上门来破局就行了。

　　这些年,坐吃山空,他的生活已难以为继,于是,他立下规矩:前来破局者,每盘下注一百,破了奖金一千。小城顿时沸腾起来,棋室每天挤满了人,可是,竟无一人能破。为了吸引各路高手,提高奖金,两千,三千,五千……一万……来破局的人越来越多,可是,升到十万,也还是没人能破解。这天,他正打算收摊,棋室来了一位灰袍老和尚。老和尚也是同道中人,游历到小城,听说此处有一个无人能破的珍珑棋局,就立刻赶来。

　　师父也是来破局的? 他说。

　　可以让我看一下棋局吗? 老和尚答非所问。

　　他做了一个请的手势。他很慷慨,因为他很自信。

此局布成后,每与人斗棋一次,就深刻反思一次,又经过十多年的锤炼,别说破绽,连瑕疵也找不到了。在斗棋时,佐以自己炉火纯青的棋艺,更是无懈可击。

他吃完晚饭出来时,老和尚还在观摩,又过了很久后,眉头舒展。他心里咯噔一沉:难道老和尚瞧出了端倪?

不料,老和尚摇头说,这是盘死棋,无法破解的死棋。

老和尚如是解析:此局明合五五梅花之数,互通声气,一方不敌,四方支援,可以说已是立于不败之地。更厉害的杀招是,暗合三才、四象、八卦等兵家奇阵,每一子都波及全局。

他想,老和尚能一眼看穿其中奥妙,恐怕棋艺还胜我几分,不过你终究破不了这局棋!

老和尚说,你难倒了多少人?

他得意一笑,我自己也记不清了,连国外棋界高手,也是信心满怀而来,铩羽而归。

老和尚也笑了,跟他攀谈起来。聊着聊着,聊到了他的家人,他猛地哭泣起来,妻儿如今都不知在何方。

我一辈子都钻在围棋里,冷落了妻子,疏忽了儿子。那年,我决心创一盘空前的棋局,于是就把自己关在地下室,除了保姆谁也不准进来。

有一天,我收到妻子的字条,说她实在受不了这种日子,决定带着儿子离开,否则儿子也会被我毁掉。毕竟做了十多年的夫妻,我以为她就是闹闹,也就没在意。等我研究出棋局出来后,妻子真的带着儿子走了,再也没有回来。

这么多年来,难道你不想他们吗?老和尚问。

想,怎么会不想?他们走后,我越发想念他们,花重金打探他们的下落,可是,杳无音信。我忍受不住思念他们的痛苦,只好更加疯狂地

沉迷到围棋中,来麻痹自己。

　　老和尚叹了一声,说,你凭着这个棋局,打败了无数高手,挣来了至上的名誉和金钱,可是,到头来你连家也毁了。

　　这棋局,这棋局……他再也按捺不住,放声痛哭……

　　老和尚还说,棋应该是活的。如果棋死了,那是棋手的悲哀,也是棋界的悲哀!

　　他止住哭声,说,师父,可有解救的方法?

　　老和尚想了想说,有,给死局留一个口,为破局者,也为布局者。

　　他细细咀嚼着这句话,终于如梦初醒……

盲人玫瑰

○许福元

　　齐先生是位盲人,却在自家的大门口栽培着令人惊羡的几丛玫瑰。年年岁岁,燕子来时,花开东墙。

　　玫瑰开放的日子,也是齐先生最快乐的日子。因为有流水似的人群在花丛旁驻足,他细听人们赏花品评。

　　两个姑娘正在为一朵花的颜色进行一场小小的争论:

　　"你看,这朵花是胭脂红。"

　　"不对,应该是豇豆红。"

　　"胭脂红!"

　　"豇豆红!"

　　双方争执不下,只好请齐先生裁决。

　　齐先生一笑,款款说道:"你们俩人说得都对,又都不对。就这朵花的花瓣里外来说,里面是胭脂红,外边是豇豆红。就这朵花的上下来说,下边是胭脂红,上边是豇豆红。从整体效果看,应该算霁红。花朵的颜色,又随天气变化而变化。晴天的时候,可比瓷器上的郎窑红;雨天的时候,又像矾红。早晨和晚上又不同:早上阳光一照,橘红中带橘黄,这橘黄中又掺进些炒米黄。晚上夕阳西下,这豇豆红中又揉进了冈比亚红;太阳落山了,冈比亚红又变成茄皮紫了。"

两个姑娘听直眼了——他是盲人吗？

渐渐围上一小群人，七嘴八舌，又开始研讨叶子的绿。最后，还是请齐先生点评。

齐先生不紧不慢，用手摸着带刺的玫瑰枝条说道："要说绿，先要说黄：惊蛰过后，酱黄色的枝条开始泛绿，这时的绿是豆绿，颜色有些暗，有点清淡含蓄。慢慢绿意渐浓，变成粉青。到了春分，苹果绿底子上洇出了柳叶绿。柳叶绿并没有走下去，却向着秋葵绿转弯了。清明时节，星星点点地冒出叶芽，颜色是米汤黄，一天一个样，最后变成鹅黄。谷雨以后，叶子一天几变，最终由孔雀绿变成瓜皮绿。一直到现在才定型，叫翠青绿。一片叶子，阳面与阴面也形象各异。就说我摸着的这片叶子，阳面可以叫豆瓣绿；背后呢，只能算是郎窑绿。"

一位盲人，对颜色的判断如此准确、细微、精致，人们"啧啧"赞叹。一个人有些疑惑："玫瑰是您亲手种的吗？"

齐先生伸出双手，这双手粗糙厚实，青筋暴突。手背上伤痕累累，那是被玫瑰枝条上的刺扎的。齐先生一笑："玫瑰，就是我的知己，就是我的大爱。冬天，我给它盖被子；春天，我喂它猪血。玫瑰开放了，你们不是都来赏花了吗？"

还是有人不解："您双目失明，怎么会辨别各种颜色呢？"

齐先生大笑，指着眼前一群人道："有多少人像你们一样，一年一年，一拨儿一拨儿，经过我的门口，观花、赏花、谈花、议花、论花、评花、品花。我眼睛是看不见，可我耳朵灵啊。你们看到了，就如同我看到了，我在借你们的眼睛啊！"说毕，齐先生向大家深深鞠了一躬，连声说："谢谢，谢谢！"

人群中不免有人慨叹："种花人竟不是赏花人！"

齐先生却淡然一笑："人生如花，次第开放。种花人又何必是赏花人呢？"

拱　卒

○葛长海

"杨树有：杨，姓也；树，杨氏家族之谱辈；有，'有朋自远方来'的有。"说完，这个自称杨树有的家伙抹一把汗津津的脑门走下讲台。

大学新生报到见面会那天，杨树有让大家在肆无忌惮畅怀大笑之后，准确无误地记住了他。

我俩有共同的爱好——下象棋。棋术虽然都很臭，但绝对是对手，最后定输赢，一般都寄望于过河小卒。尾声一般是这样的：看谁剩的卒子多，看谁拱得快。

刚毕业那两年，我和杨树有合租一套房。"两人世界"难免生出摩擦，同性之间也不例外。每发生争执，我们都采取下快棋的方式解决。棋罢相视哈哈一笑，化解烦恼无数。

某日我们下棋到半夜，意兴阑珊，方才就寝。我闭着眼睛回味棋步，听得他翻来覆去长吁短叹。我说："不服？咱们重新来一盘儿？"

杨树有说："不是，我在想如今大好时机，不做生意多亏，那可是满天掉金子啊。"

我一本正经地说："与其临渊羡鱼，不如退而结网。你可以考虑辞职下海，乘帆远航。到时兄弟我在岸上混不下去了，可以上你的贼船避难。苟富贵，毋相忘……"

不多久，杨树有开了自己的公司，夹着皮包满世界找金子。后来，他事业有成，一副老板派头找到我实践"苟富贵，毋相忘"的承诺。

当了老板，自然就不同常人，下馆子、扫荡娱乐中心乃家常便饭。他变着花样换女人，一个个看上去不是大家闺秀就是小家碧玉，弄得我眼花缭乱。

阴暗的虚荣心理激起我强烈的自尊心，我不愿再与他来往。他再找我，我就打着哈哈说："老兄，我凡人一个，跟着你花天酒地惯了，我怕我活不回寻常人来，饶了我吧。你要是下快棋找不到人，我倒可以陪你。"

从那以后，我们之间的联系愈来愈少。虽然同在一座城市，却形如隔着一道银河。他结婚时，我去了。新娘子是一所中学的外语教师，人长得端庄、秀丽。杨树有把我拽到一旁问："怎么样？"我也借着酒意把他拉到新娘子身旁说："嫂子，你可要看好我家兄长。"

新娘子不卑不亢落落大方道："放心，上帝派我来就是看管他的。"

一年后我结婚时找他借钱，他扔给我一沓崭新的票子说："给你俩小银元花花，别还。还了，我跟你急。"

目的轻易达到，我不好意思马上抬脚走人，就搭讪着问："嫂子呢？"

他用脚点着地说："从这儿挖个洞，深度，地球直径，钻过去，或许你能见到她。"

我喃喃道："美国？"

"嗯。"杨树有意味深长地说："这是我做生意以来最血本无归的一次投资。"说话间，他的神色并不沮丧，甚至流露出自虐的得意。我很想了解他和前嫂子的那档子事，谁知他伟人般大手一挥道："天要下雨娘要嫁人，由她去吧。"

这时，一个身着职业装长得颇似张曼玉的女人走进来伏在他耳边小声提醒道："杨总，两点的飞机。"

我知趣告退。

此后三年光景，未曾与杨树有谋面，我一直惦记着还钱的事。妻子说："那钱搁人家身上不过是九牛一毛，你还跟沾了多大光似的，老惦记着还，贱！"

"贱"字落地蹦三蹦，杨树有突然显身，他找到我"借"一万块钱。眼下的他，人整个脱形，无精打采得像棵被连根拔起的皱菊。我一边指使妻子去筹钱，一边问他到底咋回事。他哭丧着脸说他的公司倒闭了。

原来他那颇似张曼玉的女秘书简直就是一只从聊斋里潜逃出来的狐狸。她设下温柔的陷阱，掏空了他一切的一切后逃之夭夭。对此，我无言抚慰，主动约他下棋，借以排遣他的苦闷。他同意了。我俩坐在松软的沙发里，隔着茶几在柔和的灯影里下棋。我千方百计让他赢，他却魂不守舍心不在焉。有一局下到最后，我居然拱过去五匹卒子。

落　锁

○刘林

　　黑夜黑,红烛红。屋子里摇晃的烛光同黑夜咬着架儿,烛光短了一寸,夜就长了一寸。

　　夏至,半夜里去你叔洞房的墙根下闪个影儿,走个场子。娘咬着夏至的耳朵,悄声说。

　　听房是大河古传的风俗。

　　夏至懂娘的心思,叔都老大不小了,花大钱才买来个媳妇,男娃崽去听个房,讨个喜,好让叔早当爹,将夏家这房血脉传下去。

　　那个大眼的姑娘哭哭啼啼做了叔的新嫁娘,被送入洞房。一想起那个大眼的姑娘,夏至的心上就像团了把茅草。

　　墙上糊的泥巴年头深了,经的事也多了,坎坎坷坷脱得七零八落的,墙上细小的缝儿透着烛光。夏至贴着墙根儿,一心捉着洞房里的动静。

　　叔在一心扯着鼾声。今儿是大喜之日,叔心里头得劲,早喝蒙了。

　　大眼姑娘呢?咋不见一点动静!她真的安下心,认了命?

　　几天来大眼姑娘闹翻了天,要死要活的,不做叔的媳妇。她说她是被人贩子拐骗来的,在老家都定了亲,求叔放她一条生路。

　　娘一路好言说,妹子,都走到路中间了,怕是回不了头了。俺也是

本分人家。你都瞧见了,俺叔子身强力壮的,脾气好人又勤快,农活儿样样拿手,不会亏了你的。难道是娘的话让大眼姑娘安了心?

夏至突然听到几声啜泣声,像细小的针密匝匝地扎在夏至心上。

洞房的门是娘亲手落的锁。那把黑漆漆的大锁,挂在堂厅的墙上,闲了好多年,大眼姑娘来了,才派上用场。

大眼姑娘进门后,娘和爹都没安生过。大眼姑娘哭过闹过,寻过死,闹得叔的心一揪一揪的。娘狠了心,说俺家叔子,你想打一辈子光棍儿?这村过了,怕就没那店了。这女人就像河边的柳条,插在哪儿活在哪儿,闹腾一通后,这心就安生了,认命了。

大眼姑娘从门缝里看到夏至,像逮着救命草,说,小弟弟,你是懂事理的好孩子。姐是被人贩子拐骗来的,你就帮姐给家里捎个信儿……

夏至心惶惶的,摇摇头又点点头。大眼姑娘那种生离死别的痛刺着夏至的心,趁娘睡着时,夏至偷来了钥匙,手忙脚乱地开了锁。

夏至抓起大眼姑娘的手,急躁躁地说,姐,趁人都睡熟了,快走!我送你出山……

二人摸索着出了村子,夏至才喘了口气,心刚落下来,身后的呐喊声就追了上来。爹娘发疯似的领着村人沿着山道追上来——他们不能让到手的媳妇跑了。

夏至泄了心气,眼见爹娘追上来,他拉着大眼姑娘藏到荆棘丛中。

夏至,你个连里外都不分的死鬼!你放跑了婶子,你叔就得打一辈子光棍儿……夏至,你要是放跑了你婶,你就不要再回家了,大江大河没有盖盖儿,俺养崽都养出了二百五,你死了俺保证一滴泪也不流……娘的骂声一声盖过一声。

大眼姑娘突然扯着夏至现了身。大眼姑娘说,是我让夏至帮我逃的,这事怪不得夏至。嫂子,我不走了,我认命啦,在这儿安心啦。

夏至没想到,大眼姑娘真的安了心,落了根。

夏至在村里再也抬不起头,一直到大,常被人当成嘲笑对象,说夏至没长心眼儿,里外人不分,差点放跑婶子,让叔打一辈子光棍儿。

大眼姑娘安心当了夏至的婶子。婶子对夏至好,对夏至亲。

夏至的弟弟都娶了媳妇当了爹,夏至的亲事还没有眉目。这大山里的姑娘没人看得上夏至,说夏至心眼儿实,跟了他怕是没好日子过。

婶子心里一直内疚难过,觉得是她害了夏至。

娘走时一口气不断,一直不肯合眼。婶子也是女人,晓得夏至娘惦念着夏至的亲事。婶子噙泪说,嫂子,你放心吧,夏至的亲事搁在我身上,夏至这房血脉会传下去。

娘合上眼,放心地走了。

夏至的婚事是婶子一手操办的。婶子尽心尽力,舍了血本,从人贩子手里挑了个模样周正又透着灵气的姑娘。那姑娘跟当年的婶子一样,在老家有了心上人,定了亲,出来打工被人贩子拐骗了。

夏至让婶子把人放了,给姑娘一条生路。婶子说,你个死心眼儿,要不是婶子张罗,这辈子你都得打光棍儿。夏至,你在心里头也想想婶子的难处,你一日娶不上媳妇,婶子心里一日不安生。当年你都错了一次,还能再错一次?夏至,这女人的命就像河边的柳条,插在哪儿活在哪儿,闹腾一通后,心就安生了,也就认命了。

夏至闹不明白,婶子咋变得和当年的娘一模一样?

夏至被婶子搡进洞房。夏至第一次喝蒙了,醉得不分东西。他身子软塌塌的,倒在婶子身上。婶子用身子撑着夏至,她懂得夏至心头的苦处,轻声说,夏至,婶子不会看走眼,海欣这姑娘人好心善。待她安了心落了根,你和她的日子就上了道,越过越溜。

夏至不说话,醉了,但心里头明白。婶子的话一字字砸在他心底,夏至的心一直在疼。

脆生生的一声响，惊了夜，也惊了人心。

还是当年那把黑漆漆的大锁，挂在厅堂的墙上，又闲了好多年，海欣来了，才派上用场。

洞房的门是婶子亲手落的锁。婶子安心地回屋了。婶！夏至一下子惊了心，他放声痛哭，婶，你落了锁，我咋带你逃啊……